局外人
西绪福斯神话

［法国］阿尔贝·加缪 著

郭宏安 译

ALBERT CAMUS

L'Étranger
Le Mythe de Sisyphe

译林出版社

图书在版编目(CIP)数据

局外人·西绪福斯神话 /(法)阿尔贝·加缪著；
郭宏安译. —南京：译林出版社，2021.4（2025.7重印）
（郭宏安译加缪文集）
ISBN 978-7-5447-8438-2

I.①局… II.①阿…②郭… III.①中篇小说-法国-现代 ②散文集-法国-现代… IV.①I565.45 ②I565.65

中国版本图书馆CIP数据核字（2020）第210635号

局外人　西绪福斯神话　[法国]阿尔贝·加缪/著　郭宏安/译

责任编辑　唐洋洋
装帧设计　山川制本workshop
校　对　蒋　燕　王　敏
责任印制　董　虎

原文出版　Gallimard，1962
出版发行　译林出版社
地　址　南京市湖南路1号A楼
邮　箱　yilin@yilin.com
网　址　www.yilin.com
市场热线　025-86633278
排　版　南京展望文化发展有限公司
印　刷　江苏凤凰新华印务集团有限公司
开　本　787毫米×1092毫米 1/32
印　张　8.25
插　页　4
版　次　2021年4月第1版
印　次　2025年7月第11次印刷
书　号　ISBN 978-7-5447-8438-2
定　价　49.00元

版权所有　·　侵权必究
译林版图书若有印装错误可向出版社调换。质量热线：025-83658316

目录

局外人
第一部　　　3
第二部　　　51

西绪福斯神话
荒诞的推理　　　109
荒诞的人　　　175
荒诞的创造　　　207
西绪福斯神话　　　235

附录：
弗朗茨·卡夫卡作品中的
希望与荒诞　　　243

局
外
人

第一部

一

今天，妈妈死了。也许是昨天，我不知道。我收到养老院的一封电报，说："母死。明日葬。专此通知。"这说明不了什么。可能是昨天死的。

养老院在马朗戈，离阿尔及尔八十公里。我乘两点钟的公共汽车，下午到，还赶得上守灵，明天晚上就能回来。我向老板请了两天假，有这样的理由，他不能拒绝。不过，他似乎不大高兴。我甚至跟他说："这可不是我的错儿。"他没有理我。我想我不该跟他说这句话。反正，我没有什么可请求原谅的，倒是他应该向我表示哀悼。不过，后天他看见我戴孝的时候，一定会安慰我的。现在有点像是妈妈还没有死似的，不过一下葬，那可就是一桩已经了结的事了，一切又该公事公办了。

我乘的是两点钟的汽车。天气很热。跟平时一样，我还是在赛莱斯特的饭馆里吃的饭。他们都为我难受，赛莱斯特还说："人只有一个母亲啊。"我走的时候，他们一直送我到门口。我有点儿烦，因为我还得到艾玛努埃尔那里去借黑领带和黑纱。他几个月前刚死了叔叔。

为了及时上路，我是跑着去的。这番急，这番跑，加上汽车颠簸，汽油味儿，还有道路和天空亮得晃眼，把我弄得昏昏沉沉的。我几乎睡了一路。我醒来的时候，正歪在一个军人身上，他朝我笑笑，问我是不是从远地方来。我不想说话，只应了声"是"。

养老院离村子还有两公里，我走去了。我真想立刻见到妈妈，但门房说我得先见见院长。他正忙着，我等了一会儿。这当儿，门房说个不停，后来，我见了院长。他是在办公室里接待我的。那是个小老头，佩戴着荣誉团勋章。他那双浅色的眼睛盯着我。随后，他握着我的手，老也不松开，我真不知道如何抽出来。他看了看档案，对我说："默而索太太是三年前来此的，您是她唯一的赡养者。"我以为他是在责备我什么，就赶紧向他解释。但是他打断了我："您无须解释，亲爱的孩子。我看过您母亲的档案。您无力负担她。她需要有人照料，您的薪水又很菲薄。总之，她在这里更快活些。"我说："是的，院长先生。"他又说："您知道，她有年纪相仿的人做朋友。他们对过去的一些事有共同的兴趣。您年轻，跟您在一起，她还会闷得慌呢。"

这是真的。妈妈在家的时候，一天到晚总是看着我，不说话。她刚进养老院时，常常哭。那是因为不习惯。几个月之后，如果再让她出来，她还会哭的。这又是因为不习惯。差不多为此，近一年来我就几乎没来看过她。当然，也是因为来看她就得占用星期天，还不算赶汽车、买车票、坐两小时的车所费的力气。

院长还在跟我说，可是我几乎不听了。最后，他说："我想您愿意再看看您的母亲吧。"我站了起来，没说话，他领着我出去了。在楼梯上，他向我解释说："我们把她抬到小停尸间里了，因为怕别的老人害怕。这里每逢有人死了，其他人总要有两三天工夫才能安定下来。这给服务带来很多困难。"我们穿过一个院子，院子里有不少老人，正三五成群地闲谈。我们经过的时候，他们都不作声了；我们一过去，他们就又说开了。真像一群鹦鹉在喊喊喳喳低声乱叫。走到一座小房子门前，院长与我告别："请自便吧，默而索先生。有事到办公室找我。原则上，下葬定于明早十点钟。我们是想让您能够守灵。还有，您的母亲似乎常向同伴们表示，希望按宗教的仪式安葬。这事我已经安排好了，只不过想告诉您一声。"我谢了他。妈妈并不是无神论者，可活着的时候也从未想到过宗教。

我进去了。屋子里很亮，玻璃天棚，四壁刷着白灰。有几把椅子，几个叉形的架子。正中两个架子上，停着一口棺材，盖着盖。一些发亮的螺丝钉，刚拧进去个头儿，在刷成褐色的木板上看得清清楚楚。棺材旁边，有一个阿拉伯女护士，穿着白大褂，头上一方颜色鲜亮的围巾。

这时，门房来到我的身后。他大概是跑着来的，说话有点儿结巴："他们给盖上了，我得再打开，好让您看看她。"他走近棺材，我叫住了他。他问我："您不想？"我回答说："不想。"他站住了，我很难为情，因为我觉得我不该那样说。过了一会儿，他看了看我，问道："为什么？"他并没有责备的意思，好像只是想问问。我说："不知道。"于是，他捻着发白的小胡子，也不看我，说道："我明白。"他的眼睛很漂亮，淡蓝色，脸上有些发红。他给我搬来一把椅子，自己坐在我后面。女护士站起来，朝门口走去。这时，门房对我说："她长的是恶疮。"因为我不明白，就看了看那女护士，只见她眼睛下面绕头缠了一条绷带。在鼻子的那个地方，绷带是平的。在她的脸上，人们所能见到的，就是一条雪白的绷带。

她出去以后，门房说："我不陪您了。"我不知道我做了个什么表示，他没有走，站在我后面。背后有一个人，使我很不自在。傍晚时分，屋子里仍然很亮。两只大胡蜂在玻璃天棚上嗡嗡地飞。我感到困劲儿上来了。我头也没回，对门房说："您在这里很久了吗？"他立即回答道："五年了。"好像就等着我问他似的。

接着，他滔滔不绝地说了起来。如果有人对他说他会在马朗戈养老院当一辈子门房，他一定会惊讶不已。他六十四岁，是巴黎人。说到这儿，我打断了他："噢，您不是本地人？"我这才想起来，他在带我去见院长之前，跟我谈起过妈妈。他说要赶快下葬，因为平原天气热，特别是这个地方。就是那个时候，他告诉我他在巴黎住过，而且怎么也忘不了巴黎。在巴黎，死人在家里停放三天，有时四天。这里不行，时间太短，怎么也习惯不了才过这么短时间就要跟着柩车去下葬。这时，他老婆对他说："别说了，这些事是不能对先生说的。"老头子脸红了，连连道歉。我就说："没关系，没关系。"我觉得他说得对，很有意思。

在小停尸间里，他告诉我，他进养老院是因为穷。他觉得自己身体还结实，就自荐当了门房。我向他指出，无论如何，他还是养老院收留的人。他说不是。我先就觉得奇怪，他说到住养老院的人时（其中有几个并不比他大），总是说"他们""那些人"，有时也说"老人们"。当然，那不是一码事。他是门房，从某种程度上说，他还管着他们呢。

这时，那个女护士进来了。天一下子就黑了。浓重的夜色很快就压在玻璃天棚上。门房打开灯，突然的光亮使我眼花目眩。他请我到食堂去吃饭。但是我不饿。他于是建议端杯牛奶咖啡来。我喜欢牛奶咖啡，就接受了。过了一会儿，他端着一个托盘回来了。我喝了咖啡，想抽烟。可是我犹豫了，我不知道能不能在妈妈面前这样做。我想了想，认为这不要紧。我给了门房一支烟，我们抽了起来。

过了一会儿，他对我说："您知道，令堂的朋友们也要来守灵。这是习惯。我得去找些椅子，端点咖啡来。"我问他能不能关掉一盏灯。照在白墙上的灯光使我很难受。他说不行。灯就是那样装的：要么全开，要么全关。我后来没有怎么再注意他。他出去，进来，摆好椅子，在一把椅子上围着咖啡壶放了一些杯子。然后，他隔着妈妈的棺木在我对面坐下。女护士也坐在里边，背对着我。我看不见她在干什么。但从她胳膊的动作看，我认为她是在织毛线。屋子里暖洋洋的，咖啡使我发热，从开着的门中，飘进来一股夜晚和鲜花的气味。我觉得我打了个盹儿。

一阵窸窸窣窣的声音把我弄醒了。乍一睁开眼睛，屋子更显得白了。在我面前，没有一点儿阴影，每一样东西、每一个角落、每一条曲线，都清清楚楚、轮廓分明、很显眼。妈妈的朋友们就是这个时候进来的。一共有十来个，静悄悄地在这耀眼的灯光中挪动。他们坐下了，没有一把椅子响一声。我看见了他们，我看人从来没有这样清楚过，他们的面孔和衣着的任何一个细节都没有逃过我的眼睛。然而，我听不见他们的声音，我真难相信他们是真的在那里。几乎所有的女人都系着围裙，束腰的带子使她们的大肚子更突出了。我还从没有注意过老太太会有这样大的肚子。男人几乎都很瘦，拄着手杖。使我惊奇的是，我在他们的脸上看不见眼睛，只看见一堆皱纹中间闪动着一缕混浊的亮光。他们坐下的时候，大多数人都看了看我，不自然地点了点头，嘴唇都陷进了没有牙的嘴里，我也不知道他们是向我打招呼，还是脸上不由自主地抽动了一下。我还是相信他们是在跟我打招呼。这时我才发觉他们都面对着我，摇晃着脑袋坐在门房的左右。有一阵，我有一种可笑的印象，觉得他们是审判我来了。

不多会儿，一个女人哭起来了。她坐在第二排，躲在一个同伴的后面，我看不清楚。她抽抽搭搭地哭着，我觉得她大概不会停的。其他人好像都没有听见。他们神情沮丧，满面愁容，一声不吭。他们看看棺材，看看手杖，或随便东张西望，他们只看这些东西。那个女人一直在哭。我很奇怪，因为我并不认识她。我真希望她别再哭了，可我不敢对她说。门房朝她弯下身，说了句话，可她摇摇头，嘟囔了句什么，依旧抽抽搭搭地哭着。于是，门房朝我走来，在我身边坐下。过了好一阵，他才眼睛望着别处告诉我："她跟令堂很要好。她说令堂是她在这儿唯一的朋友，现在她什么人也没有了。"

我们就这样坐了很久。那个女人的叹息声和呜咽声少了，但抽泣得很厉害，最后总算无声无息了。我不困了，但很累，腰酸背疼。现在，是这些人的沉默使我难受。我只是偶尔听见一种奇怪的声响，不知道是什么。时间长了，我终于猜出，原来是有几个老头子嗫腮帮子，发出了这种怪响。他们沉浸在冥想中，自己并不觉得。我甚至觉得，在他们眼里，躺在他们中间的死者算不了什么。但是现在我认为，那是一个错误的印象。

我们都喝了门房端来的咖啡。后来的事，我就不知道了。一夜过去了。我现在还记得，有时我睁开眼，看见老头们一个个缩成一团睡着了，只有一位，下巴颏压在拄着手杖的手背上，在盯着我看，好像他就等着我醒似的。随后，我又睡了。因为腰越来越疼，我又醒了。晨曦已经悄悄爬上玻璃窗。一会儿，一个老头儿醒了，使劲地咳嗽。他掏出一块方格大手帕，往里面吐痰，每一口痰都像使尽了全身的力气。其他人都被吵醒了，门房说他们该走了。他们站了起来。这样不舒服的一夜使他们个个面如死灰。出乎意料的是，他们出去时竟都同我握了手，好像过了彼此不说一句话的黑夜，我们的亲切感倒增加了。

我累了。门房把我带到他那里，我洗了把脸，又喝了一杯牛奶咖啡，好极了。我出去时，天已大亮。马朗戈和大海之间的山岭上空，一片红光。从山上吹过的风带来了一股盐味。看来是一个好天。我很久没到乡下来了，要不是因为妈妈，这会儿去散散步该多好啊。

我在院子里一棵梧桐树下等着。我闻着湿润的泥土味儿，不想再睡了。我想到了办公室里的同事们。这个时辰，他们该起床上班去了，对我来说，这总是最难熬的时刻。我又想了一会儿，被房子里传来的铃声打断了。窗户后面一阵忙乱声，随后又安静下来。太阳在天上又升高了一些，开始晒得我两脚发热。门房穿过院子，说院长要见我。我到他办公室去。他让我在几张纸上签了字。我见他穿着黑衣服和带条纹的裤子。他拿起电话，问我："殡仪馆的人已来了一会儿了，我要让他们来盖棺。您想最后再见见您的母亲吗？"我说不。他对着电话低声命令说:"费雅克,告诉那些人,他们可以去了。"

然后,他说他也要去送葬,我谢了他。他在写字台后面坐下,叉起两条小腿。他告诉我,送葬的只有我和他,还有值勤的女护士。原则上,院里的老人不许去送殡,只许参加守灵。他指出:"这是个人道问题。"不过这一次,他允许妈妈的一个老朋友多玛·贝莱兹参加送葬。说到这儿,院长笑了笑。他对我说:"您知道,这种感情有点孩子气。他和您的母亲几乎是形影不离。在院里,大家都拿他们打趣,他们对贝莱兹说:'她是您的未婚妻。'他只是笑。他们觉得开心。问题是默而索太太的死使他十分难过,我认为不应该拒绝他。但是,根据医生的建议,我昨天没有让他守灵。"

我们默默地坐了好一会儿。院长站起来,往窗外观望。他看了一会儿,说:"马朗戈的神甫来了。他倒是提前了。"他告诉我至少要走三刻钟才能到教堂,教堂在村子里。我们下了楼。神甫和两个唱诗童子等在门前。其中一个手拿香炉,神甫弯下腰,调好香炉上银链子的长短。我们走到时,神甫已直起腰来。他叫我"儿子",对我说了几句话。他走进屋里,我随他进去。

我一眼就看见螺钉已经旋进去了,屋子里站着四个穿黑衣服的人。同时,我听见院长说车子已经等在路上,神甫也开始祈祷了。从这时起,一切都进行得很快。那四个人走向棺材,

13

把一条毯子蒙在上面。神甫、唱诗童子、院长和我，一齐走出去。门口，有一位太太，我不认识。"默而索先生。"院长介绍说。我没听见这位太太的姓名，只知道她是护士代表。她没有一丝笑容，向我低了低瘦骨嶙峋的长脸。然后，我们站成一排，让棺材过去。我们跟在抬棺材的人后面，走出养老院。送葬的车停在大门口，长方形，漆得发亮，像个铅笔盒。旁边站着葬礼司仪，他身材矮小，衣着滑稽，还有一个态度做作的老人，我明白了，他就是贝莱兹先生。他戴着一顶圆顶宽檐软毡帽（棺材经过的时候，他摘掉了帽子），裤脚堆在鞋上，大白领的衬衫太大，而黑领花又太小。鼻子上布满了黑点儿，嘴唇不住地抖动。满头的白发相当细软，两只耷拉耳，耳轮胡乱卷着，血红的颜色衬着苍白的面孔，给我留下了强烈的印象。司仪安排了我们的位置。神甫走在前面，然后是车子。旁边是四个抬棺材的。再后面，是院长和我，护士代表和贝莱兹先生断后。

天空中阳光灿烂，地上开始感到压力，气温迅速增高。我不知道为什么要等这么久才走。我穿着一身深色衣服，觉得很热。小老头本来已戴上帽子，这时又摘下来了。院长跟我谈到他的时候，我歪过头，望着他。他对我说，我母亲和贝莱兹先生傍晚常由一个女护士陪着散步，有时一直走到村里。我望着周围的田野。一排排通往天边山岭的柏树，一片红绿相杂的土地，房子不多却错落有致，我理解母亲的心理。在这个地方，傍晚该是一段令人伤感的时刻啊。今天,火辣辣的太阳晒得这片地方直打战,既冷酷无情,又令人疲惫不堪。

我们终于上路了。这时我才发觉贝莱兹有点儿瘸。车子渐渐走快了,老人落在后面。车子旁边也有一个人跟不上了,这时和我并排走着。我真奇怪,太阳怎么在天上升得那么快。我发现田野上早就充满了嗡嗡的虫鸣和簌簌的草响。我脸上流下汗来。我没戴帽子,只好拿手帕扇风。殡仪馆的那个伙计跟我说了句什么,我没听见。同时,他用右手掀了掀鸭舌帽檐,左手拿手帕擦着额头。我问他:"怎么样?"他指了指天,连声说:"晒得够呛。"我说:"对。"过了一会儿,他问我:"里边是您的母亲吗?"我又回了个"对"。"她年纪大吗?"我答道:"还好。"因为我也不知道她究竟多少岁。然后,他就不说话了。我回了回头,看见老贝莱兹已经落下五十多米远了。他一个人急忙往前赶,手上摇晃着帽子。我也看了看院长。他庄严地走着,没有一个多余的动作。他的额上渗出了汗珠,他也不擦。

我觉得一行人走得更快了。我周围仍然是一片被阳光照得发亮的田野。天空亮得让人受不了。有一阵,我们走过一段新修的公路。太阳晒得柏油爆裂,脚一踩就陷进去,留下一道亮晶晶的裂口。车顶上,车夫的熟皮帽子就像在这黑油泥里浸过似的。我有点迷迷糊糊,头上是青天白云,周围是单调的颜色,开裂的柏油是黏糊糊的黑,人们穿的衣服是死气沉沉的黑，车子是漆得发亮的黑。这一切，阳光、皮革味、马粪味、漆味、香炉味、一夜没睡觉的疲倦，使我两眼模糊，神志不清。我又回了回头，贝莱兹已远远地落在后面，被裹在一片蒸腾的水汽中，后来干脆看不见了。我仔细寻找，才见他已经离开大路，从野地里斜穿过来。我注意到前面大路转了个弯。原来贝莱兹熟悉路径，正抄近路追我们呢。在大路拐弯的地方，他追上了我们。后来，我们又把他拉下了。他仍然斜穿田野，这样一共好几次。而我，我感到血直往太阳穴上涌。

以后的一切都进行得如此迅速、准确、自然，我现在什么也记不得了。除了一件事，那就是在村口，护士代表跟我说了话。她的声音很怪，与她的面孔不协调，那是一种抑扬的、颤抖的声音。她对我说："走得慢，会中暑；走得太快，又要出汗，到了教堂就会着凉。"她说得对。进退两难，出路是没有的。我还保留着这一天的几个印象，比方说，贝莱兹最后在村口追上我们时的那张面孔。他又激动又难过，大滴的泪水流上面颊。但是，由于皱纹的关系，泪水竟流不动，散而复聚，在那张形容大变的脸上铺了一层水。还有教堂，路旁的村民，墓地坟上红色的天竺葵，贝莱兹的昏厥（真像一个散架的木偶），撒在妈妈棺材上血红色的土，杂在土中的雪白的树根，又是人群，说话声，村子，在一家咖啡馆门前的等待，马达不停的轰鸣声，以及当汽车开进万家灯火的阿尔及尔，我想到我要上床睡他十二个钟头时我所感到的喜悦。

二

醒来的时候，我明白了为什么我向老板请那两天假时他的脸色那么不高兴，因为今天是星期六。我可以说是忘了，起床的时候才想起来。老板自然是想到了，加上星期天我就等于有了四天假期，而这是不会叫他高兴的。但一方面，安葬妈妈是在昨天而不是在今天，这并不是我的错；另一方面，无论如何，星期六和星期天总还是我的。当然，这并不妨碍我理解老板的心情。

昨天一天我累得够呛，简直起不来。刮脸的时候，我一直在想今天干什么，我决定去游泳。我乘电车去了海滨浴场。一到那儿，我就扎进水里。年轻人很多。我在水里看见了玛丽·卡多娜，我们从前在一个办公室工作，她是打字员，我那时曾想把她弄到手。我现在认为她也是这样想的。但她很快就走了，我们没来得及呀。我帮她爬上一个水鼓。在扶她的时候，我轻轻地碰着了她的乳房。她趴在水鼓上，我还在水里。她朝我转过身来，头发遮住了眼睛，她笑了。我也上了水鼓，挨在她身边。天气很好，我开玩笑似的仰起头，枕在她的肚子上。她没说什么，我就这样待着。我两眼望着天空，天空是蓝的，泛着金色。我感到头底下玛丽的肚子在轻轻地起伏。我们半睡半醒地在水鼓上待了很久。太阳变得太强烈了，她下了水，我也跟着下了水。我追上她，伸手抱住她的腰，我们一起游。她一直在笑。在岸上晒干的时候，她对我说："我晒得比您还黑。"我问她晚上愿不愿意去看电影。她还是笑，说她想看一部费南代尔[1]的片子。穿好衣服以后，她看见我系了一条黑领带，显出很奇怪的样子，问我是不是在戴孝。我跟她说妈妈死了。她想知道是什么时候，我说："昨天。"她吓得倒退了一步，但没表示什么。我想对她说这不是我的错，但是我收住了口，因为我想起来我已经跟老板说过了。这是毫无意义的。反正，人总是有点什么过错。

晚上，玛丽把什么都忘了。片子有的地方挺滑稽，不过实在是很蠢。她的腿挨着我的腿。我抚摸她的乳房。电影快结束的时候，我吻了她，但吻得很笨。出来以后，她跟我到我的住处来了。

我醒来的时候，玛丽已经走了。她跟我说过她得到她婶婶家去。我想起来了，今天是星期天，这真烦人，因为我不喜欢星期天。于是，我翻了个身，在枕头上寻找玛丽的头发留下的盐味儿，一直睡到十点钟。我一根接一根地抽烟，一直躺着，

---

[1] 费南代尔（1903—1971），法国著名喜剧演员。

直到中午。我不想跟平时那样去赛莱斯特的饭馆吃饭，因为他们肯定要问我，我可不喜欢这样。我煮了几个鸡蛋，就着盘子吃了，没吃面包，没有了，也不愿意下楼去买。

吃过午饭，我有点闷得慌，就在房子里瞎转悠。妈妈在的时候，这套房子还挺合适，现在我一个人住就太大了，我不得不把饭厅的桌子搬到卧室里来。我只住这一间，屋里有几把当中的草垫已经有点塌陷的椅子，一个镜子发黄的柜子，一个梳妆台，一张铜床。其余的都不管了。后来，没事找事，我拿起一张旧报，读了起来。我把克鲁申盐业公司的广告剪下来，贴在一本旧簿子里。凡是报上让我开心的东西，我都剪下贴在里面。我洗了洗手，最后，上了阳台。

我的卧室外面是通往郊区的大街。午后天气晴朗。但是，马路很脏，行人稀少，却都很匆忙。首先是全家出来散步的人，两个穿海军服的小男孩，短裤长得过膝盖，笔挺的衣服使他们手足无措；一个小女孩，头上扎着一个粉红色的大花结，脚上穿着黑漆皮鞋。他们后面，是一位高大的母亲，穿着栗色的绸连衣裙；父亲是个相当瘦弱的矮个儿，我见过。他戴着一顶平顶窄檐的草帽，扎着蝴蝶结，手上一根手杖。看到他和他老婆在一起，我明白了为什么这一带的人都说他仪态不凡。过了一会儿，过来一群郊区的年轻人，头发油光光的，系着红领带，衣服腰身收得很紧，衣袋上绣着花儿，穿着方头皮鞋。我想他们是去城里看电影的，所以走得这样早，而且一边赶电车，一边高声说笑。

他们过去之后，路上渐渐没有人了。我想，各处的热闹都开始了。街上只剩下了一些店主和猫。从街道两旁的无花果树上空望去，天是晴的，但是不亮。对面人行道上，卖烟的搬出一把椅子，倒放在门前，双腿骑上，两只胳膊放在椅背上。刚才还是拥挤不堪的电车现在几乎全空了。烟店旁边那家叫"彼埃罗之家"的小咖啡馆里空无一人，侍者正在扫地。这的确是个星期天的样子。

我也把椅子倒转过来，像卖烟的那样放着，我觉得那样更舒服。我抽了两支烟，又进去拿了块巧克力，回到窗前吃起来。很快，天阴了。我以为要下暴雨，可是，天又渐渐放晴了。不过，刚才飘过一片乌云，像是要下雨，使街上更加阴暗了。我待在那儿望天，望了好久。

五点钟，电车轰隆隆地开过来了，车里挤满了从郊外体育场看比赛的人，有的就站在踏板上，有的扶着栏杆。后面几辆车里拉着的，我从他们的小手提箱认出是运动员。他们扯着嗓子喊叫、唱歌，说他们的俱乐部万古长青。好几个人跟我打招呼。其中有一个甚至对我喊："我们赢了他们。"我点点头，大声说："对。"从这时起，小汽车就多起来了。

天有点暗了。屋顶上空，天色发红，一入黄昏，街上也热闹起来。散步的人也渐渐往回走了。我在人群中认出了那位仪态不凡的先生。孩子在哭，让大人拖着走。这一带的电影院几乎也在这时把大批看客抛向街头。其中，年轻人的举动比平时更坚决，我想他们刚才看的是一部冒险片子。从城里电影院回来的人到得稍微晚些。他们显得更庄重些。他们还在笑，却不时地显出疲倦和出神的样子。他们待在街上，在对面的人行道上走来走去。附近的姑娘们没戴帽子，挽着胳膊在街上走。小伙子们设法迎上她们，说句笑话，她们一边大笑，一边回过头来。其中我认识好几个，她们向我打了招呼。

这时，街灯一下子亮了，使夜晚空中初现的星星黯然失色。我望着满是行人和灯光的人行道，感到眼睛很累。电灯把潮湿的路面照得闪闪发光，间隔均匀的电车反射着灯光，照在发亮的头发、人的笑容或银手镯上。不一会儿，电车少了，树木和电灯上空变得漆黑一片，不知不觉中路上的人也走光了，直到第一只猫慢悠悠地穿过重新变得空无一人的马路。这时，我想该吃晚饭了。我在椅背上趴得太久了，脖子有点儿酸。我下楼买了面包和面片，自己做了做，站着吃了。我想在窗前抽支烟，可是空气凉了，我有点儿冷。我关上窗户，回来的时候，在镜子里看见桌子的一角上摆着酒精灯和面包块。我想星期天总是忙忙碌碌的，妈妈已经安葬了，我又该上班了，总之，没有任何变化。

三

今天，我在办公室干了很多活儿。老板很和气。他问我是不是太累了，他也想知道妈妈的年纪。为了不弄错，我说了个"六十来岁"，我不知道为什么他好像松了口气，认为这是了结了一桩大事。

我的桌子上堆了一大堆提单，我都得处理。在离开办公室去吃午饭之前，我洗了手。中午是我最喜欢的时刻。晚上，我就不那么高兴了，因为公用的转动毛巾用了一天，都湿透了。一天，我向老板提出了这件事。他回答说他对此感到遗憾，不过这毕竟是小事一桩。我下班晚了些，十二点半我才跟艾玛努埃尔一起出来，他在发货部门工作。办公室外面就是海，我们看了一会儿大太阳底下停在港里的船。这时，一辆卡车开过来，带着哗啦哗啦的铁链声和噼噼啪啪的爆炸声。艾玛努埃尔问我"去看看怎么样"，我就跑了起来。卡车超过了我们，我们追上去。我被包围在一片嘈杂声和灰尘之中，什么也看不见了，只感到这种混乱的冲动，拼命在绞车、机器、半空中晃动的桅杆和我们身边的轮船之间奔跑。我第一个抓住车，跳了上去。然后，我帮着艾玛努埃尔坐好。我们喘不过气来，汽车在尘土和阳光中，在码头上高低不平的路上颠簸着。艾玛努埃尔笑得上气不接下气。

我们来到赛莱斯特的饭馆，浑身是汗。他还是那样子，挺着大肚子，系着围裙，留着雪白的小胡子。他问我"总还好吧"，我说好，现在肚子饿了。我吃得很快，喝了咖啡，然后回家，睡了一会儿，因为我酒喝多了。醒来的时候，我想抽烟。时候不早了，我跑去赶电车。我干了一下午。办公室里很热，晚上下了班，我沿着码头慢步走回去，感到很快活。天是绿色的，我感到心满意足。尽管如此，我还是径直回家了，因为我想自己煮土豆。

楼梯黑乎乎的。我上楼时碰在老萨拉玛诺的身上，他是我同层的邻居。他牵着狗。八年来，人们看见他们总是厮守在一起。这条西班牙种猎犬生了一种皮肤病，我想是丹毒，毛都快掉光了，浑身是硬皮和褐色的痂。他们俩挤在一间小屋子里，久而久之，老萨拉玛诺都像它了。他的脸上长了些发红的硬痂，头上是稀疏的黄毛。那狗呢，也跟它的主人学了一种弯腰驼背的走相，噘着嘴，伸着脖子。他们好像是同类，却相互憎恨。每天两次，十一点和六点，老头儿带着狗散步。八年来，他们没有改变过路线。他们总是沿着里昂路走，狗拖着人，直到老萨拉玛诺打个趔趄，他于是就又打又骂。狗吓得趴在地上，让人拖着走。这时，该老头儿拽了。要是狗忘了，又拖起主人来，就又会挨打挨骂。于是，他们两个双双待在人行道上，你瞅着我，我瞪着你，狗是怕，人是恨。天天如此。碰到狗要撒尿，老头儿偏不给它时间，使劲拽它，狗就沥沥拉拉尿一道儿。如果狗偶尔尿在屋里，更要遭到毒打。这样的日子已经过了八年。赛莱斯特总是说"这真不幸"，实际上，谁也不知道。我在楼梯上碰见萨拉玛诺的时候，他正在骂狗。他对它说："混蛋！脏货！"狗直哼哼。我跟他说"您好"，但老头儿还在骂。于是，我问狗怎么惹他了，他不搭腔。他只是说："混蛋！脏货！"我模模糊糊地看见他正弯着腰在狗的颈圈上摆弄什么。我提高了嗓门儿。他头也不回，憋着火儿回答我："它老是那样。"说完，便拖着那条哼哼唧唧、不肯痛痛快快往前走的狗出去了。

正在这时，我那层的第二个邻居进来了。这一带的人都说他靠女人生活。但是，人要问他职业，他就说是"仓库管理员"。一般地说，大家都不大喜欢他。但是他常跟我说话，有时还到我那儿坐坐，因为我听他说话。再说，我没有任何理由不跟他说话。他叫莱蒙·散泰斯。他长得相当矮，肩膀却很宽，长着一个拳击手的鼻子[1]。他总是穿得衣冠楚楚。说到萨拉玛诺，他也说："真是不幸！"他问我对此是否感到讨厌，我回答说不。

---

[1] 即塌鼻子。

我们上了楼，正要分手的时候，他对我说："我那里有猪血香肠和葡萄酒，一块儿吃点怎么样？……"我想这样我不用做饭了，就接受了。他也只有一间房子，外带一间没有窗户的厨房。床的上方摆着一个白色和粉红色的仿大理石天使像，几张体育冠军的相片和两三张裸体女人画片。屋里很脏，床上乱七八糟。他先点上煤油灯，然后从口袋里掏出一卷肮脏的纱布，把右手缠了起来。我问他怎么了，他说他和一个跟他找碴儿的家伙打了一架。

"您知道，默而索先生，"他对我说，"并不是我坏，可我是火性子。那小子呢，他说：'你要是个男子汉，从电车上下来。'我对他说：'滚蛋，别找事儿。'他说我不是男子汉。于是，我下了电车，对他说：'够了，到此为止吧，不然我就教训教训你。'他说：'你敢怎么样？'我就揍了他一顿。他倒在地上。我呢，我正要把他扶起来，他却躺在地上用脚踢我。我给了他一脚，又打了他两耳光。他满脸流血。我问他够不够。他说够了。"说话的工夫，散泰斯已缠好了绷带。我坐在床上。他说："您看，不是我找他，是他对我不尊重。"的确如此，我承认。这时，他说，他正要就这件事跟我讨个主意，而我呢，是个男子汉，有生活经验，能帮助他，这样的话，他就是我的朋友了。我什么也没说，他又问我愿不愿意做他的朋友。我说怎么都行，他好像很满意。他拿出香肠，在锅里煮熟，又拿出酒杯、盘子、刀叉、两瓶酒。拿这些东西时，他没说话。我们坐下。一边吃，他一边讲他的故事。他先还迟疑了一下。"我认识一位太太……这么说吧，她是我的情妇。"跟他打架的那个人是这女人的兄弟。他对我说他供养着她。我没说话，但是他立刻补充说他知道这地方的人说他什么，不过他问心无愧，他是仓库管理员。

"至于我这件事，"他说，"我是发觉了她在欺骗我。"他给她的钱刚够维持生活。他为她付房租，每天给她二十法郎饭钱。"房租三百法郎，饭钱六百法郎，不时地送双袜子，一共一千法郎。人家还不工作。可她说那是合理的，我给的钱不够她生活。我跟她说：'你为什么不找个半天的工作干干呢？这样就省得我再为这些零星花费操心了。这个月我给你买了一套衣服，每天给你二十法郎，替你付房租，可你呢，下午和你的女友们喝咖啡。你拿咖啡和糖请她们，出钱的却是我。我待你不薄，你却忘恩负义。'可她就是不工作，总是说钱不够。所以我才发觉其中一定有欺骗。"

于是，他告诉我他在她的手提包里发现了一张彩票，她不能解释是怎么买的。不久，他又在她那里发现了一张当票，证明她当了两只镯子。他可一直不知道她有两只镯子。"我看得清清楚楚，她在欺骗我。我就不要她了。不过，我先揍了她一顿，然后才揭了她的老底。我对她说，她就是想拿我寻开心。您知道，默而索先生，我是这样说的：'你看不到人家在嫉妒我给你带来的幸福。你以后就知道自己是有福不会享了。'"

他把她打得见血方休。以前，他不打她。"打是打，不过是轻轻碰碰而已。她叫唤。我就关上窗子，也就完了。这一回，我可是来真的了。依我看，惩罚得还不够呢。"

他解释说，就是为此，他才需要听听我的主意。他停下话头，调了调结了灯花的灯芯。我一直在听他说。我喝了将近一升的酒，觉得太阳穴发烫。我抽着莱蒙的烟，因为我的已经没有了。末班电车开过，把已很遥远的郊区的嘈杂声带走了。莱蒙在继续说话。使他烦恼的是，他对跟他睡觉的女人"还有感情"。但他还是想惩罚她。最初，他想把她带到一家旅馆去，叫来"风化警察"，造成一桩丑闻，让她在警察局备个案。后来，他又找过几个流氓帮里的朋友。他们也没有想出什么办法。正如莱蒙跟我说的那样，参加流氓帮还是值得的。他对他们说了，他们建议"破她的相"。不过，这不是他的意思。他要考虑考虑。在这之前，他想问问我的意见。在得到我的指点之前，他想知道我对这件事是怎么想的。我说我什么也没想，但是我觉得这很有意思。他问我是不是认为其中有欺骗，我觉得是有欺骗。他又问我是不是认为应该惩罚她，假使是我的话，我将怎么做，我说永远也不可能知道，但我理解他想惩罚她的心情。我又喝了点酒。他点了一支烟，说出了他的主意。他想给她写一封信，"信里狠狠地羞辱她一番，再给她点儿甜头让她后悔"。然后，等她来的时候，他就跟她睡觉，"正在要完事的时候"，他就吐她一脸唾沫，把她赶出去。我觉得这样的话，的确，她也就受到了惩罚。但是，莱蒙说他觉得自己写不好这封信，他想让我替他写。由于我没说什么，他就问我是不是马上写不方便，我说不。

他喝了一杯酒，站起来，把盘子和我们吃剩的冷香肠推开。他仔细地擦了擦铺在桌上的漆布。他从床头柜的抽屉里拿出一张方格纸，一个黄信封，一支红木杆的蘸水钢笔和一小方瓶紫墨水。他告诉我那女人的名字，我看出来是个摩尔人。我写好信。信写得有点儿随便，不过，我还是尽力让莱蒙满意，因为我没有理由不让他满意。然后，我高声念给他听。他一边抽烟一边听，连连点头。他请我再念一遍。他非常满意。他对我说："我就知道你有生活经验。"起初，我还没发觉他已经用"你"来称呼我了。只是当他说"你现在是我真正的朋友了"，这时我才感到惊奇。他又说了一遍，我说："对。"做不做他的朋友，怎么都行，他可是好像真有这个意思。他封上信，我们把酒喝完。我们默默地抽了会儿烟。外面很安静，我们听见一辆小汽车开过去了。我说："时候不早了。"莱蒙也这样想。他说时间过得很快。这从某种意义上说，的确是真的。我困了，可又站不起来。我的样子一定很疲倦，因为莱蒙对我说不该灰心丧气。开始，我没明白。他就解释说，他听说我妈妈死了，但这是早晚要有的事情。这也是我的看法。

我站起身来，莱蒙紧紧地握着我的手，说男人之间总是彼此理解的。我从他那里出来，关上门，在漆黑的楼梯口待了一会儿。楼里寂静无声,从楼梯洞的深处升上来一股隐约的、潮湿的气息。我只听见耳朵里血液一阵阵流动声。我站着不动。老萨拉玛诺的屋子里,狗还在低声哼哼。

四

　　这一星期,我工作得很好。莱蒙来过,说他把信寄走了。我跟艾玛努埃尔去了两次电影院。银幕上演的什么,他不是常能看懂,我得给他解释。昨天是星期六,玛丽来了,这是我们约好的。我见了她心里直痒痒,她穿了件红白条纹的漂亮连衣裙,脚上是皮凉鞋。一对结实的乳房隐约可见,阳光把她的脸晒成了棕色,好像朵花。我们坐上公共汽车,到了离阿尔及尔几公里外的一处海滩,那儿两面夹山,岸上一溜芦苇。四点钟的太阳不太热了,但水还很温暖,层层细浪懒洋洋的。玛丽教给我一种游戏,就是游泳的时候,迎着浪峰,喝一口水花含在嘴里,然后翻过身来,把水朝天上吐出去。这样,水就像一条泡沫的花边散在空中,或像一阵温雨落回到脸上。可是玩了一会儿,我的嘴就被盐水烧得发烫。玛丽这时游到我身边,贴在我身上。她把嘴对着我的嘴,伸出舌头舔我的嘴唇。我们就这样在水里滚了一阵。

　　我们在海滩穿好衣服,玛丽望着我,两眼闪闪发光。我吻了她。从这时起,我们再没有说话。我搂着她,急忙找到公共汽车，回到我那里就跳上了床。我没关窗户，我们感到夏夜在我们棕色的身体上流动，真舒服。

早晨，玛丽没有走，我跟她说我们一道吃午饭。我下楼去买肉。上楼的时候，我听见莱蒙的屋子里有女人的声音。过了一会儿，老萨拉玛诺骂起狗来，我们听见木头楼梯上响起了鞋底和爪子的声音，接着，在"混蛋！脏货！"的骂声中，他们上街。我向玛丽讲了老头儿的故事，她大笑。她穿着我的睡衣，卷起了袖子。她笑的时候，我的心里又痒痒了。过了一会儿，她问我爱不爱她。我回答说这种话毫无意义，我好像不爱她。她好像很难过。可是在做饭的时候，她又无缘无故地笑了起来，笑得我又吻了她。就在这时，我们听见莱蒙屋里打起来了。

先是听见女人的尖嗓门儿，接着是莱蒙说："你不尊重我，你不尊重我。我要教你怎么尊重我。"扑通扑通几声，那女人叫了起来，叫得那么凶，楼梯口立刻站满了人。玛丽和我也出去了。那女人一直在叫，莱蒙一直在打。玛丽说这真可怕，我没搭腔。她要我去叫警察，我说我不喜欢警察。不过，住在三层的一个管子工叫来了一个。他敲了敲门，里面没有声音了。他又用力敲了敲，过了一会儿，女人哭起来，莱蒙开了门。他嘴上叼着一支烟，样子笑眯眯的。那女人从门里冲出来，对警察说莱蒙打了她。警察问："你的名字？"莱蒙回答了。警察说："跟我说话的时候，把烟从嘴上拿掉。"莱蒙犹豫了一下，看了看我，又抽了一口。说时迟，那时快，警察照准莱蒙的脸，重重地、结结实实地来了个耳光。香烟飞出去几米远。莱蒙变了脸，但他当时什么也没说，只是低声下气地问警察他能不能拾起他的烟头。警察说可以，但是告诉他："下一次，你要知道警察可不是闹着玩儿的。"那女人一直在哭，不住地说："他打了我。他是个乌龟。"莱蒙问："警察先生，说一个男人是乌龟，这是合法的吗？"但警察命令他"闭嘴"。莱蒙于是转向那女人，对她说："等着吧，小娘儿们，咱们还会见面的。"警察让他闭上嘴，叫那女人走，叫莱蒙待在屋里等着局里传讯。他还说，莱蒙醉了，哆嗦成这副样子，应该感到脸红。这时，莱蒙向他解释说："警察先生，我没醉。只是我在这儿，在您面前，打哆嗦，我也没办法。"他关上门，人也都走了。玛丽和我做好午饭。但她不饿，几乎全让我吃了。她一点钟时走了，我又睡了一会儿。

快到三点钟的时候，有人敲门，进来的是莱蒙。我仍旧躺着。他坐在床沿上。他没说话，我问他事情的经过如何。他说他如愿以偿，但是她打了他一个耳光，他就打了她。剩下的，我都看到了。我对他说，我觉得她已受到惩罚，他该满意了。他也是这样想的。他还指出，警察帮忙也没用，反正是她挨揍了。他说他很了解警察，知道该如何对付他们。他还问我当时是不是等着他回敬警察一下子，我说我什么也不等，再说我不喜欢警察。莱蒙好像很满意。他问我愿不愿意跟他一块儿出去。我下了床，梳了梳头。他说我得做他的证人。怎么都行，但我不知道应该说什么。照莱蒙的意思，只要说那女人对他不尊重就够了。我答应为他做证。

我们出去了，莱蒙请我喝了一杯白兰地。后来，他想打一盘弹子，我差点赢了。他还想逛妓院，我说不，因为我不喜欢那玩意儿。于是我们慢慢走回去，他说他惩罚了他的情妇心里高兴得不得了。我觉得他对我挺好，我想这个时候真舒服。

远远地，我看见老萨拉玛诺站在门口，神色不安。我们走近了，我看到他没牵着狗。他四下张望，左右乱转，使劲朝黑洞洞的走廊里看，嘴里念念有词，又睁着一双小红眼，仔细地在街上找。莱蒙问他怎么了，他没有立刻回答。我模模糊糊地听他嘟囔着："混蛋！脏货！"心情仍旧不安。我问他狗哪儿去了。他生硬地回答说它走了。然后，他突然滔滔不绝地说起来："我像平常一样，带它去练兵场。做买卖的棚子周围人很多。我停下来看《国王散心》。等我再走的时候，它不在那儿了。当然，我早想给它买一个小点儿的项圈。可是我从来也没想到这个脏货这样就走了。"

莱蒙跟他说狗可能迷了路，它就会回来的。他举了好几个例子，说狗能跑几十公里找到主人。尽管如此，老头儿的神色反而更不安了。"可您知道，他们会把它弄走的。要是还有人收养它就好了。但这不可能，它一身疮，谁见了谁恶心。警察会抓走它的，肯定。"我于是跟他说，应该去待领处看看，付点钱就可领回来。他问我钱是不是要很多。我不知道。于是，他发起火来："为这个脏货花钱！啊，它还是死了吧！"他又开始骂起它来。莱蒙大笑，钻进楼里。我跟了上去，我们在楼梯口分了手。过了一会儿，我听见老头儿的脚步声，他敲敲我的门。我开开门，他在门槛上站了会儿，说："对不起，对不起。"我请他进来，但他不肯。他望着他的鞋尖儿，长满硬痂的手哆嗦着。他没有看我，问道："默而索先生，您说，他们不会把它抓走吧。他们会把它还给我的。不然的话，我可怎么活下去呢？"我对他说，送到待领处的狗保留三天，等待物主去领，然后就随意处置了。他默默地望着我。然后，他对我说："晚安。"他关上门，我听见他在屋里走来走去。他的床咯吱咯吱响。我听见透过墙壁传来一阵奇怪的响声，原来他在哭呢。我不知道为什么忽然想起了妈妈。可是第二天早上我得早起。我不饿，没吃晚饭就上了床。

五

莱蒙往办公室给我打了个电话。他说他的一个朋友（他跟他说起过我）请我到他离阿尔及尔不远的海滨木屋去过星期天。我说我很愿意去，不过我已答应和一个女友一块儿过了。莱蒙立刻说他也请她。他朋友的妻子因为在一堆男人中间有了做伴的一定会很高兴。

我本想立刻挂掉电话，因为老板不喜欢人家从城里给我们打电话。但莱蒙要我等一等，他说他本来可以晚上转达这个邀请，但是他还有别的事情要告诉我。一帮阿拉伯人盯了他整整一天，里面有他过去的情妇的兄弟。"如果你晚上回去看见他们在我们的房子附近，你就告诉我一声。"我说一言为定。

过了一会儿，老板派人来叫我，我立刻不安起来，因为我想他一定又要说少打电话多干活儿了。其实，根本不是这么回事。他说他要跟我谈一个还很模糊的计划。他只是想听听我对这个问题的意见。他想在巴黎设一个办事处，直接在当地与一些大公司做买卖，他想知道我能否去那儿工作。这样，我就能在巴黎生活，一年中还可旅行旅行。"您年轻，我觉得这样的生活您会喜欢的。"我说对，但实际上怎么样都行。他于是问我是否对于改变生活不感兴趣。我回答说生活是无法改变的，什么样的生活都一样，我在这儿的生活并不使我不高兴。他好像不满意，说我答非所问，没有雄心大志，这对做买卖是很糟糕的。他说完，我就回去工作了。我并不愿意使他不快，但我看不出有什么理由改变我的生活。仔细想想，我并非不幸。我上大学的时候，有过不少这一类的雄心大志。但是当我不得不辍学的时候，我很快就明白了，这一切实际上并不重要。

晚上，玛丽来找我，问我愿不愿意跟她结婚。我说怎么样都行，如果她愿意，我们可以结。于是，她想知道我是否爱她。我说我已经说过一次了，这种话毫无意义，如果一定要说的话，我大概是不爱她。她说："那为什么又娶我呢？"我跟她说这无关紧要，如果她想，我们可以结婚。再说，是她要跟我结婚的，我只要说行就完了。她说结婚是件大事。我回答说："不。"她沉默了一阵，一声不响地望着我。后来她说话了。她只是想知道，如果这个建议出自另外一个女人，我和她的关系跟我和玛丽的关系一样，我会不会接受。我说："当然。"于是她心里想她是不是爱我，而我，关于这一点是一无所知。又沉默了一会儿，她低声说我是个怪人，她就是因为这一点才爱我，也许有一天她会出于同样的理由讨厌我。我一声不吭，没什么可说的。她微笑着挽起我的胳膊，说她愿意跟我结婚。我说她什么时候愿意就什么时候办。这时我跟她谈起老板的建议，玛丽说她很愿意认识认识巴黎。我告诉她我在那儿住过一阵，她问我巴黎怎么样。我说："很脏。有鸽子，有黑乎乎的院子。人的皮肤是白的。"

后来，我们出去走了走，逛了城里的几条大街。女人们很漂亮，我问玛丽她是否注意到了。她说她注意到了，还说她对我了解了。有一会儿，我们没有说话。但我还是希望她和我在一起，我跟她说我们可以一块儿去赛莱斯特那儿吃晚饭。她很想去，不过她有事。我们已经走近了我住的地方，我跟她说再见。她看了看我说："你不想知道我有什么事吗？"我很想知道，但我没想到要问她，而就是为了这她有着那种要责备我的神气，看到我尴尬的样子，她又笑了，身子一挺把嘴唇凑上来。

我在赛莱斯特的饭馆里吃晚饭。我已开始吃起来，这时进来一个奇怪的小女人，她问我她是否可以坐在我的桌子旁边。当然可以。她的动作僵硬，两眼闪闪发光，一张小脸像苹果一样圆。她脱下短外套，坐下，匆匆看了看菜谱。她招呼赛莱斯特，立刻点完她要的菜，语气准确而急迫。在等凉菜的时候，她打开手提包，拿出一小张纸和一支铅笔，事先算好钱，从小钱包里掏出来，外加小费，算得准确无误，摆在眼前。这时凉菜来了，她飞快地一扫而光。在等下一道菜时，她又从手提包里掏出一支蓝铅笔和一份本星期的广播节目杂志。她仔仔细细地把几乎所有的节目一个个勾出来。由于杂志有十几页，整整一顿饭的工夫,她都在细心地做这件事。我已经吃完,她还在专心致志地做这件事。她吃完站起来,用刚才自动机械一样准确的动作穿上外套,走了。我无事可干,也出去了,跟了她一阵子。她在人行道的边石上走,迅速而平稳,令人无法想象。她一往直前,头也不回。最后,我看不见她了,也就回去了。我想她是个怪人,但是我很快就把她忘了。

在门口,我看见了老萨拉玛诺。我让他进屋,他说他的狗丢了,因为它不在待领处。那里的人对他说,它也可能被轧死了。他问到警察局去搞清这件事是不是办不到,人家跟他说这类事是没有记录的,因为每天都会发生。我对老萨拉玛诺说他可以再弄一条狗,可是他请我注意他已经习惯和这条狗在一起,这一点他说得对。

我蹲在床上,萨拉玛诺坐在桌前的一把椅子上。他面对着我,双手放在膝盖上。他还戴着他的旧毡帽。在发黄的小胡子下面,他嘴里含含糊糊不知在说什么。我有点讨厌他了,不过我无事可干,也没有一点睡意。没话找话,我就问起他的狗来。他说他是在他老婆死后有了那条狗的。他结婚相当晚。年轻的时候,他曾经想演戏,所以当兵时,他在军队歌舞剧团里演戏。但最后,他进了铁路部门,他并不后悔,因为他现在有一小笔退休金。他和他老婆在一起并不幸福,但总的来说,他也习惯了。她死后,他感到十分孤独。于是他便跟一个工友要了一条狗,那时它还很小。他得拿奶瓶喂它。因为狗比人活的时间短，他们就一块儿老了。"它脾气很坏，"萨拉玛诺说，"我们俩常常吵架。不过，它总算还是一条好狗。"我说它是良种，萨拉玛诺好像很高兴。他说："您还没在它生病以前见过它呢。它最漂亮的是那一身毛。"自从这狗得了这种皮肤病，萨拉玛诺每天早晚两次给它抹药。但是据他看，它真正的病是衰老，而衰老是治不好的。

这时，我打了个哈欠，老头儿说他要走了。我跟他说他可以再待一会儿，对他狗的事我很难过，他谢谢我。他说妈妈很喜欢他的狗。说到她，他称她作"您那可怜的母亲"。他猜想妈妈死后我该是很痛苦，我没有说话。这时，他很快地、不大自然地对我说，他知道这一带的人对我看法不好，因为我把母亲送进了养老院，但他了解我，他知道我很爱妈妈。我回答说，我还不知道为什么，我也不知道在这方面他们对我看法不好，但是我认为把母亲送进养老院是件很自然的事，因为我雇不起人照顾她。"再说，"我补充说，"很久以来她就和我无话可说，她一个人待着闷得慌。"他说："是啊，在养老院里，她至少还有伴儿。"然后，他告辞了。他想睡觉。现在他的生活变了，他有些不知如何是好。他不好意思地伸过手来，这是自我认识他以来的第一次，我感到他手上有一块块硬皮。他微微一笑，在走出去之前又说："我希望今天夜里狗不要叫。我老以为那是我的狗。"

六

今天是星期天,我总也睡不醒,玛丽叫我,推我,才把我弄起来。我们没吃饭,因为我们想早早去游泳。我感到腹内空空,头也有点儿疼。我的香烟有一股苦味。玛丽取笑我,说我"愁眉苦脸"。她穿了一件白色连衣裙,披散着头发。我说她很美,她高兴得直笑。

下楼时,我们敲了敲莱蒙的门。他说他就下去。由于我很疲倦,也因为我们没有打开百叶窗,不知道街上已是一片阳光,照在我的脸上,像是打了一记耳光。玛丽高兴得直跳,不住地说天气真好。我感觉好了些,觉得肚子饿了。我跟玛丽说了,她给我看看她的漆布手提包,里面放着我们的游泳衣和一条浴巾。我们就等莱蒙了,我们听见他关上了门。他穿一条蓝裤子,短袖白衬衫,但是戴了一顶平顶草帽,引得玛丽大笑。袖子外的胳膊很白,长着黑毛。我看了有点不舒服。他吹着口哨下了楼,看样子很高兴。他朝着我说:"你好,伙计。"而对玛丽则称"小姐"。

前一天我们去警察局了,我证明那女人"不尊重"莱蒙。

他只受到警告就没事了。他们没有调查我的证词。在门前，我们跟莱蒙说了说，然后我们决定去乘公共汽车。海滩并不很远，但乘车去更快些。莱蒙认为他的朋友看见我们去得早，一定很高兴。我们正要动身，莱蒙突然示意我看看对面。我看见一帮阿拉伯人正靠着烟店的橱窗站着。他们默默地望着我们，不过他们总是这样看我们的，就好像我们是些石头或枯树一样。莱蒙对我说，左边第二个就是他说的那小子。他好像心事重重，不过，他又说现在这件事已经了结。玛丽不大清楚，问我们是怎么回事。我跟她说这些阿拉伯人恨莱蒙。玛丽要我们立刻就走。莱蒙身子一挺，笑着说是该赶紧走了。

我们朝汽车站走去，汽车站还挺远，莱蒙对我说阿拉伯人没有跟着我们。我回头看了看，他们还在老地方，还是那么冷漠地望着我们刚刚离开的那地方。我们上了汽车。莱蒙似乎完全放了心，不断地跟玛丽开玩笑。我感到他喜欢她，可是她几乎不搭理他。她不时望着他笑笑。

我们在阿尔及尔郊区下了车。海滩离公共汽车站不远。但是要走过一个俯临大海的小高地，然后就可下坡直到海滩。高地上满是发黄的石头和雪白的阿福花，衬着已经变得耀眼的蓝天。玛丽一边走，一边抡起她的漆布手提包打着花瓣玩儿。我们在一排排小别墅中间穿过，这些别墅的栅栏有的是绿色的，有的是白色的，其中有几幢有阳台，一起隐没在柽柳丛中，有几幢光秃秃的，周围一片石头。走到高地边上，就已能看见平静的大海了，更远些，还能看到一个岬角，睡意蒙眬地雄踞在清冽的海水中。一阵轻微的马达声在宁静的空气中传到我们耳边。远远地，我们看见一条小拖网渔船在耀眼的海面上驶来，慢得像不动似的。玛丽采了几朵蝴蝶花。从通往海边的斜坡上，我们看见有几个人已经在游泳了。

莱蒙的朋友住在海滩尽头的一座小木屋里，房子背靠峭壁，前面的木桩已经泡在水里。莱蒙给我们做了介绍。他的朋友叫马松。他高大、魁梧、肩膀很宽，而他的妻子却又矮又胖、和蔼可亲、一口巴黎腔。他立刻跟我们说不要客气，他做了炸鱼，鱼是他早上刚打的。我跟他说他的房子真漂亮。他告诉我他在这儿过星期六、星期天和所有的假日。他又说："跟我的妻子，大家会合得来的。"的确，他的妻子已经和玛丽又说又笑了。也许是第一次，我真想到我要结婚了。

马松想去游泳，可他妻子和莱蒙不想去。我们三个人出了木屋，玛丽立刻就跳进水里了。马松和我稍等了一会儿。他说话慢悠悠的，而且不管说什么，总要加一句"我甚至还要说"，其实，对他说的话，他根本没有进一步加以说明。谈到玛丽，他对我说："她真不错，我甚至还要说，真可爱。"后来，我就不再注意他这口头语，一心只去享受太阳晒在身上的舒服劲儿了。沙子开始烫脚了。我真想下水，可我又拖了一会儿，最后我跟马松说："下水吧？"就扎进水里。他慢慢走进水里，直到站不住了，才钻进去。他游蛙泳，游得相当坏，我只好撇下他去追玛丽。水是凉的，我游得很高兴。我和玛丽游远了，我们觉得，我们在动作上和愉快心情上都是协调一致的。

到了远处，我们改作仰泳。我的脸朝着天，一层薄薄的水幕漫过，流进嘴里，就像带走了一片阳光。我们看见马松游回海滩，躺下晒太阳。远远地望去，他真是一个庞然大物。玛丽想和我一起游。我游到她后面，抱住她的腰，她在前面用胳膊划水，我在后面用脚打水。哗哗的打水声一直跟着我们，直到我觉得累了。于是，我放开玛丽，往回游了，我恢复了正常的姿势，呼吸也自如了。在海滩上，我趴在马松身边，把脸贴在沙子上。我跟他说"真舒服"，他同意。不一会儿，玛丽也来了。我翻过身子，看着她走过来。她浑身是水，头发甩在后面。她紧挨着我躺下，她身上的热气，太阳的热气，烤得我迷迷糊糊地睡着了。

玛丽推了推我，说马松已经回去了，该吃午饭了。我立刻站起来，因为我饿了，可是玛丽跟我说一早上我还没吻过她呢。这是真的，不过我真想吻她。"到水里去。"她说。我们跑起来，迎着一片细浪扑进水里。我们划了几下，玛丽贴在我身上。我觉得她的腿夹着我的腿，我感到一阵冲动。

我们回来时，马松已经在喊我们了。我说我很饿，他立刻对他妻子说他喜欢我。面包很好，我狼吞虎咽地把我那份鱼吃光。接着上来的还有肉和炸土豆。我们吃着，没有人说话。马松老喝酒，还不断地给我倒。上咖啡的时候，我的头已经昏沉沉的了。我抽了很多烟。马松、莱蒙和我,我们三个计划八月份在海滩过,费用大家出。玛丽忽然说道:"你们知道几点了吗?才十一点半呀。"我们都很惊讶,可是马松说饭就是吃得早,这也很自然,肚子饿的时候,就是吃午饭的时候。我不知道为什么这竟使得玛丽笑起来。我认为她有点儿喝多了。马松问我愿不愿意跟他一起去海滩上走走。"我老婆午饭后总要睡午觉。我嘛,我不喜欢这个。我得走走。我总跟她说这对健康有好处。不过,这是她的权利。"玛丽说她要留下帮助马松太太刷盘子。那个小巴黎女人说要干这些事,得把男人赶出去。我们三个人走了。

太阳几乎是直射在沙上,海面上闪着光,刺得人睁不开眼睛。海滩上一个人也没有。从建在高地边上、俯瞰着大海的木屋中,传来了杯盘刀叉的声音。石头的热气从地面反上来,热得人喘不过气来。开始,莱蒙和马松谈起一些我不知道的人和事。我这才知道他们认识已经很久了,甚至还一块儿住过一阵。我们朝海水走去,沿海边走着。有时候,海浪漫上来,打湿了我们的布鞋。我什么也不想,因为我没戴帽子,太阳晒得我昏昏欲睡。

这时,莱蒙跟马松说了句什么,我没听清楚。但就在这时,我看见在海滩尽头离我们很远的地方,有两个穿蓝色司炉工装的阿拉伯人朝我们这个方向走来。我看了看莱蒙,他说:"就是他。"我们继续走着。马松问他们怎么会跟到这儿来。我想他们大概看见我们上了公共汽车，手里还拿着去海滩的提包，不过我什么也没说。

阿拉伯人走得很慢，但离我们已经近得多了。我们没有改换步伐，但莱蒙说了："如果要打架，你，马松，你对付第二个。我嘛，我来收拾我那个家伙。你，默而索，如果再来一个，就是你的。"我说："好。"马松把手放进口袋。我觉得晒得发热的沙子现在都烧红了。我们迈着均匀的步子冲阿拉伯人走去。我们之间的距离越来越小。当距离只有几步远的时候，阿拉伯人站住了。马松和我，我们放慢了步子。莱蒙直奔他那个家伙。我没听清楚他跟他说了句什么，只见那人摆出一副不买账的样子。莱蒙上去就是一拳，同时招呼一声马松。马松冲向给他指定的那一个，奋力砸了两拳，把那人打进水里，脸朝下，好几秒钟没有动，头周围咕噜咕噜冒上一片气泡，随即破了。这时，莱蒙也在打，那个阿拉伯人满脸是血。莱蒙转身对我说："看着他的手要掏什么。"我朝他喊："小心，他有刀！"可是，莱蒙的胳膊已给划开了，嘴上也挨了一刀。

马松纵身向前一跳。那个阿拉伯人已从水里爬起来，站到了拿刀的那人身后。我们不敢动了。他们慢慢后退，不住地盯着我们，用刀逼住我们。当他们看到已退到相当远的时候，就飞快地跑了。我们待在太阳底下动不得，莱蒙用手摁住滴着血的胳膊。

马松说有一位来这儿过星期天的大夫，住在高地上。莱蒙想马上就去。但他一说话，嘴里就有血冒出来。我们扶着他，尽快地回到木屋。莱蒙说他只伤了点皮肉，可以到医生那里去。马松陪他去了，我留下把发生的事情讲给两个女人听。马松太太哭了，玛丽脸色发白。我呢，给她们讲这件事让我心烦。最后，我不说话了，望着大海抽起烟来。

快到一点半的时候，莱蒙和马松回来了。胳膊上缠着绷带，嘴角上贴着橡皮膏。医生说不要紧，但莱蒙的脸色很阴沉。马松想逗他笑，可是他始终不吭声。后来，他说他要到海滩上去，我问他到海滩上什么地方，他说随便走走喘口气。马松和我说要陪他一道去。于是，他发起火来，骂了我们一顿。马松说那就别惹他生气吧。不过，我还是跟了出去。

我们在海滩上走了很久。太阳现在酷热无比，晒在沙上和海上，散成金光点点。我觉得莱蒙知道去哪儿，但这肯定是个错误的印象。我们走到海滩尽头，那儿有一眼小泉，水在一块巨石后面的沙窝里流着。在那儿，我们看见了那两个阿拉伯人。他们躺着，穿着油腻的蓝色工装。他们似乎很平静，差不多也很高兴。我们来了，并未引起任何变化。用刀刺了莱蒙的那个人一声不吭地望着他。另一个吹着一截小芦苇管，一边用眼角瞄着我们，一边不断地重复着那东西发出的三个音。

这时候，周围只有阳光、寂静、泉水轻微的流动声和那三个音了。莱蒙的手朝装着手枪的口袋里伸去，可是那个人没有动，他们一直彼此对视着。我注意到吹笛子的那个人的脚趾分得很开。莱蒙一边盯着他的对头,一边问我:"我干掉他?"我想我如果说不,他一定会火冒三丈,非开枪不可。我只是说:"他还没说话呢。这样就开枪不好。"在寂静和炎热之中,还听得见水声和笛声。莱蒙说:"那么,我先骂他一顿,他一还口,我就干掉他。"我说:"就这样吧。但是如果他不掏出刀子,你不能开枪。"莱蒙有点火了。那个人还在吹,他们俩注意着莱蒙的一举一动。我说:"不,还是一个对一个,空手对空手吧。把枪给我。如果另一个上了,或是他掏出了刀子,我就干掉他。"

莱蒙把枪给我,太阳光在枪上一闪。不过,我们还是站着没动,好像周围的一切把我们裹住了似的。我们一直眼对眼地相互盯着,在大海、沙子和阳光之间,一切都停止了,笛音和水声都已消失。这时我想,可以开枪,也可以不开枪。突然间,那两个阿拉伯人倒退着溜到山岩后面。于是,莱蒙和我就往回走了。他显得好了些,还说起了回去的公共汽车。

我一直陪他走到木屋前。他一级一级登上木台阶,我在第一级前站住了,脑袋被太阳晒得嗡嗡直响,一想到要费力气爬台阶和还要跟那两个女人说话,就泄气了。可是天那么热,一动不动地待在一片从大而降的耀眼的光雨中,也是够难受的。待在那里,还是走开,其结果是一样的。过了一会儿,我朝海滩转过身去,迈步往前走了。

到处依然是一片火爆的阳光。大海憋得急速地喘气,把它细小的浪头吹到沙滩上。我慢慢地朝山岩走去，觉得太阳晒得额头膨胀起来。热气整个儿压在我身上，我简直迈不动腿。每逢我感到一阵热气扑到脸上，我就咬咬牙，握紧插在裤兜里的拳头，我全身都绷紧了，决意要战胜太阳，战胜它所引起的这种不可理解的醉意。从沙砾上、雪白的贝壳或一片碎玻璃上反射出来的光亮，像一把把利剑劈过来，剑光一闪，我的牙关就收紧一下。我走了很长时间。

远远地，我看见了那一堆黑色的岩石，阳光和海上的微尘在它周围罩上了一圈炫目的光环。我想到了岩石后面的清凉的泉水。我想再听听淙淙的水声，想逃避太阳，不再使劲往前走，不再听女人的哭声，总之，我想找一片阴影休息一下。可是当我走近了，我看见莱蒙的对头又回来了。

他是一个人，仰面躺着，双手枕在脑后，头在岩石的阴影里，身子露在太阳底下。蓝色工装被晒得冒热气。我有点儿吃惊。对我来说，那件事已经完了，我来到这儿根本没想那件事。

他一看见我，就稍稍欠了欠身，把手插进口袋里。我呢，自然而然地握紧了口袋里莱蒙的那支手枪。他又朝后躺下了，但是并没有把手从口袋里抽出来。我离他还相当远，约有十几米吧。我隐隐约约地看见，在他半闭的眼皮底下目光不时地一闪。然而最经常的，却是他的面孔在我眼前一片燃烧的热气中晃动。海浪的声音更加有气无力，比中午的时候更加平静。还是那一个太阳，还是那一片光亮，还是那一片伸展到这里的沙滩。两个钟头了，白昼没有动；两个钟头了，它在这一片沸腾的金属的海洋中抛下了锚。天边驶过一艘小轮船，我是瞥见那个小黑点的，因为我始终盯着那个阿拉伯人。

我想我只要一转身，事情就完了。可是整个海滩在阳光中颤动，在我身后挤来挤去。我朝水泉走了几步，阿拉伯人没有动。不管怎么说，他离我还相当远。也许是因为他脸上的阴影吧，他好像在笑。我等着，太阳晒得我两颊发烫，我觉得汗珠聚在眉峰上。那太阳和我安葬妈妈那天的太阳一样，头也像那天一样难受，皮肤下面所有的血管都一齐跳动。我热得受不了，又往前走了一步。我知道这是愚蠢的，我走一步并不能逃过太阳。但是我往前走了一步，仅仅一步。这一次，阿拉伯人没有起来，却抽出刀来，迎着阳光对准了我。刀锋闪闪发光，仿佛一把寒光四射的长剑刺中了我的头。就在这时，聚在眉峰的汗珠一下子流到了眼皮上，蒙上一幅温吞吞的、模模糊糊的水幕。这一泪水和盐水掺和在一起的水幕使我的眼睛什么也看不见。我只觉得铙钹似的太阳扣在我的头上，那把刀刺眼的刀锋总是隐隐约约地对着我。滚烫的刀尖穿过我的睫毛，挖着我的痛苦的眼睛。就在这时，一切都摇晃了。大海呼出一口沉闷而炽热的气息。我觉得天门洞开，向下倾泻着大火。我全身都绷紧了，手紧紧握住枪。枪机扳动了，我摸着了光滑的枪柄，就在那时，猛然一声震耳的巨响，一切都开始了。我甩了甩汗水和阳光。我知道我打破了这一天的平衡,打破了海滩上不寻常的寂静,而在那里我曾是幸福的。这时,我又对准那具尸体开了四枪,子弹打进去,也看不出什么来。然而,那却好像是我在苦难之门上短促地叩了四下。

第二部

一

我被捕之后，很快就被审讯了好几次。但讯问的都是身份之类，时间不长。第一次是在警察局，我的案子似乎谁都不感兴趣。八天之后，一位预审推事倒是好奇地看了看我。不过开始时，他也只是问问姓名、住址、职业、出生年月和地点。然后，他想知道我是否找了律师。我说没有，还问他是不是一定要有一个。"为什么这样问呢？"他说。我回答说我认为我的案子很简单。他微笑着说："这是一种看法。不过，法律就是法律。如果您不找律师的话，我们将为您指定一个临时的。"我觉得法律还管这等小事，真是方便得很。我对他说了我的这一看法。他表示赞同，说法律制定得很好。

开始，我没有认真对待他。他是在一间挂着窗帘的房子里接待我的，他的桌子上只有一盏灯，照亮了他让我坐的那把椅子，而他自己却坐在黑暗中。我已经在书里读过类似的描写了，在我看来这一切都是一场游戏。谈话之后，我看清他了，我看到一个五官清秀的人，深蓝的眼睛，身材高大，长长的灰色小胡子，一头几乎全白的头发。我认为他是通情达理的，总之，是和蔼可亲的，虽然有时一种不由自主的抽搐扯动了他的嘴。出去的时候，我甚至想伸出手来跟他握手，幸亏我及时地想起来我杀过一个人。

第二天，一位律师到监狱里来看我。他又矮又胖，相当年轻，头发梳得服服帖帖。尽管天热（我穿着背心），他却穿着一身深色衣服，硬领子，系着一条很怪的领带，上面有黑色和白色的粗大条纹。他把夹在胳膊下的皮包放在我的桌上，做了自我介绍，对我说他研究了我的材料。我的案子不好办，但是如果我信任他，胜诉是没有疑问的。我向他表示感谢，他说："咱们言归正传吧。"

他在我的床上坐下，对我说，他们已经了解了我的私生活。他们知道了我妈妈最近死在养老院里。他们到马朗戈去做过调查。预审推事们知道了我在妈妈下葬的那天"表现得麻木不仁"。我的律师对我说："您知道，我有点不好意思问您这些事。但这很重要。假使我无言以对的话，这将成为起诉的一条重要的根据。"他要我帮助他。他问我那一天是否感到难过，这个问题使我十分惊讶，我觉得要是我提这个问题的话，我会很为难的。不过，我回答他说我有点失去了回想的习惯，我很难向他提供情况。毫无疑问，我很爱妈妈，但是这不说明任何问题。所有健康的人都或多或少盼望过他们所爱的人死去。说到这儿，律师打断了我，显得激动不安。他要我保证不在庭上说这句话，也不在预审法官那儿说。不过，我对他说我有一种天性，就是肉体上的需要常常使我的感情混乱。安葬妈妈的那天，我很疲倦，也很困，我根本没体会到那天的事的意义。我能够肯定地说的，就是我更希望妈妈不死。但是我的律师没有显出高兴的样子。他对我说："这还不够。"

他想了想。他问我他是否可以说那一天我是控制住了我天生的感情。我对他说："不能，因为这是假话。"他以一种很怪的方式望了望我，仿佛我使他感到有些厌恶似的。他几乎是不怀好意地说，无论如何，养老院的院长和工作人员将会出庭做证，这将会使我"大吃其亏"。我请他注意这件事和我的案子没有关系，他只是说，明显的是，我和法院从来没有关系。

他很生气地走了。我真想叫住他，向他解释说我希望得到他的同情，不是为了得到更好的辩护，而是，如果我可以这样说的话，得到合乎人性的辩护。特别是我看到我使他很不痛快。他不理解我，他有点怨恨我。我想对他说，我和大家一样，绝对地和大家一样。可是，这一切实际上并没有多大用处，而且我也懒得去说。

不久之后，我又被带到预审推事面前。时间是午后两点钟，这一次，他的办公室里很亮，只有一层纱窗帘挡住阳光。天气很热。他让我坐下，很客气地对我说，我的律师"因为不凑巧"没有能来。但是，我有权利不回答他的问题，等待我的律师来帮助我。我说我可以单独回答。他用指头按了按桌上的一个电钮。一个年轻的书记进来，几乎就在我的背后坐下了。

我们俩都舒舒服服地坐在椅子上。讯问开始。他首先说人家把我描绘成一个生性缄默孤僻的人，他想知道对此我有什么看法。我回答说："因为我没什么可说的，于是我就不说话。"他像第一次一样笑了笑，承认这是最好的理由，接着又补充了一句："再说，这无关紧要。"他不说话了，看了看我，然后相当突然地把身子一挺，很快地对我说："我感兴趣的，是您这个人。"我不大明白他说的是什么意思，没有回答。他又说："在您的举动中，有些事情我不大明白。我相信您将帮助我理解。"我说一切都很简单。他让我把那天的情形再讲一遍。我把对他讲过的东西又说了一遍：莱蒙、海滩、游泳、打架，又是海滩、小水泉、太阳和开了五枪。我每说一句，他都说："好，好。"当我说到直躺在地上的尸体时，他同意地说道："很好。"而我呢，翻来覆去地说一件事已经让我烦了，我觉得我从来没有说过这么多的话。

他停了一会儿，站起来，对我说他愿意帮助我，我使他感兴趣，如果上帝帮忙的话，他一定能为我做点什么。不过在此之前，他想问我几个问题。开门见山，他问我是不是爱妈妈。我说："爱，像大家一样。"一直有节奏地敲着打字机的书记一定是按错了键，因为他很不自在，不得不往回退。推事又问我——表面上看不出有什么逻辑性——是不是连续开了五枪。我想了想，说先开了一枪，几秒钟之后，又开了四枪。于是他问："为什么您在第一枪和第二枪之间停了停？"这时，我又看见了那阳光火爆的海滩，我又感到了太阳炙烤着我的额头。但是这一次我什么也没说。在一片沉默中，推事好像坐立不安。他坐下来，抓了抓头发，把胳膊肘支在桌子上，微微朝我俯下身来，神情很奇特："为什么，为什么您还往一个死人身上开枪呢？"这个问题，我也不知道如何回答。推事把双手放在前额上，重复了他的问题，声音都有点儿变了："为什么？您得对我说。为什么？"我一直不说话。

突然，他站了起来，大步走到他的办公室一头的一个档案柜前，拉开一个抽屉。他拿出一个银十字架，一边摇晃着，一边朝我走来。他的声音完全变了，几乎是颤抖地大声问我："这件东西，您认得吗？"我说："认得，当然认得。"于是他很快地、热情洋溢地说他相信上帝，他的信念是任何一个人也不会罪孽深重到上帝不能饶恕的程度，但是他必须悔过，要变成孩子那样，灵魂是空的，什么都能接受。他整个身子都俯在桌子上，差不多就在我的头顶上摇晃着十字架。说真的，他的这番推理，我真跟不上，首先是因为我热，他的办公室里有几只大苍蝇，落在我的脸上，也因为我有点儿怕他。不过我认为这是可笑的，因为无论如何罪犯毕竟还是我。可是，他还在说。我差不多听明白了，据他看，在我的供词中只有一点不清楚，那就是等了一下才开第二枪这一事实。其余的都很明白，但这一点，他不懂。我正要跟他说他这样固执是没有道理的，因为这最后一点并不那么重要。但他打断了我，挺直了身子，劝告了我一番，问我是否信仰上帝。我回答说不。他愤怒地坐下了，说这是不可能的，所有的人都信仰上帝，甚至那些背弃上帝的人都信仰上帝。这是他的信念，如果他要怀疑这一点的话，他的生活就失去了意义。他叫道："您难道要使我的生活失去意义吗？"我认为，这与我无关，我跟他说了。但他已经隔着桌子把刻着基督受难像的十字架伸到我的眼皮底下，疯狂地大叫起来："我，我是基督徒。我要请求他饶恕你的罪过。你怎么能不相信他是为你而受难的呢？"我清楚地注意到他用"你"来称呼我了，但我已厌倦了。屋子里越来越热。跟平时一样，当我想摆脱一个我不愿意听他说话的人时，我就做出赞同的样子。出乎我的意料，他竟真的以为是打胜了："你看，你看，"他说，"你是不是也信了？你是不是要把真话告诉他了？"当然，我又说了一次"不"。他一屁股坐在他的椅子上。

他好像很累，待了好久没说话，而打字机一直跟着我们的对话，还在打着最后的几句话。然后，他注视着我，有点儿伤心，轻声地说："我从未见过您这样顽固的灵魂。来到我面前的罪犯看到这个受苦受难的形象，没有不痛哭流涕的。"我正要回答他这恰恰说的是罪犯，可是我想起来我也跟他们一样。这种想法我却总也不能习惯。这时，推事站了起来，好像告诉我审讯已经结束。他的样子还是那么厌倦，只问了问我对我的行动是否感到悔恨。我想了想，说与其说是真正的悔恨，不如说是某种厌烦。我觉得他不明白我的话。不过，那天发生的事情也就到此为止了。

后来，我经常见到这位预审推事。只是我每次都有律师陪着。他们只是让我对过去说过的东西的某些地方再明确一下，或者是推事和我的律师讨论控告的罪名。但实际上，这些时候他们根本就不管我了。反正是渐渐地，审讯的调子变了。好像推事对我已经不感兴趣了，他已经以某种方式把我的案子归档了。他不再跟我谈上帝了，我也再没有看见他像第一天那样激动过。结果，我们的谈话反而变得更亲切了。提几个问题，跟我的律师聊聊，审讯就结束了。用推事的话说，我的案子照常进行。有时候，如果谈的是一般性的问题，他们就把我也拉上。我开始喘过气来了。这时，人人对我都不坏。一切都是这样自然，解决得这样好，演得这样干净利落，竟至于我有了"和他们都是自家人"的可笑感觉。预审持续了十一个月，我可以说，我有点惊奇的是，有生以来最使我快活的竟是有那么不多的几次，推事把我送到他的办公室门口，拍着我的肩膀亲切地说："今天就到此为止，反基督先生。"然后，他们再把我交到法警手里。

二

有些事情我是从来也不喜欢谈的。自从我进了监狱，没过几天我就知道，我将来是不喜欢谈论我这一段生活的。

不过，后来我也没发现反感有什么必要。实际上，头几天我并不是真的在坐牢，我在模模糊糊地等着什么新情况。直到第一次，也是唯一的一次，玛丽来看我之后，一切才开始。从我收到她的信那一天起（她说人家不允许她再来了，因为她不是我的妻子），就是从那一天起，我才感到我住的地方是牢房，我的生活到此为止了。我被捕的那一天，他们先把我关在一间已经有好几个因犯的牢房里，其中大部分是阿拉伯人。他们看见我都笑了。然后他们问我犯了什么事儿。我说我杀了一个阿拉伯人，他们就都不说话了。但过了一会儿，天就黑了。他们告诉我怎样铺睡觉的席子。把一头卷起来，就可以做成一个长枕头。整整一夜，臭虫在我脸上爬。几天之后，我被关进一个单间，睡在一块木板上。我还有一个便桶和一只铁盆儿。监狱建在本城的高地上，透过一个小窗口，我可以看见大海。有一天，我正抓着铁栏杆，脸朝着有亮光的地方，一个看守进来，说有人来看我。我想这是玛丽。果然是她。

要到接待室去，得穿过一条长走廊，上一段台阶，最后再穿过一条走廊。我走进去，那是一个明亮的大厅，光线是从一个大窗户里射进来的。两道大铁栅横着把大厅分成三部分。两道铁栅之间相距约八到十米，把探望的人和囚犯隔开。我看见玛丽在我面前，她穿着带条子的连衣裙，脸晒得黑黑的。跟我站在一起的有十几个囚犯，大部分是阿拉伯人。玛丽周围都是摩尔人，身旁的两个，一个是身材矮小的老太太，紧闭着嘴唇，穿着黑衣服，另一个是没戴帽子的胖女人，说话指手画脚，声音很高。由于铁栅间的距离，探望的人和囚犯都不得不高声叫嚷。我进去之后，吵吵嚷嚷的声音传到光秃秃的大墙上又折回来，明亮的阳光从天上泻到玻璃上射进大厅，使我感到头昏眼花。我的牢房又静又暗。我得有好几秒钟才能适应。但是，我最后还是看清了呈现在光亮中的每一张面孔。我注意到一个看守坐在铁栅间通道的尽头。大部分阿拉伯囚犯和他们的家人都面对面地蹲着。他们不大叫大嚷。尽管大厅里乱糟糟的，他们低声说话彼此倒还听得见。他们沉闷的低语声从下面升上来，在他们头上来往穿行的谈话声中，好像是一个持续不断的低音部。这一切，我都是在朝着玛丽走去时注意到的。她已经紧紧地贴在铁栏杆上，竭力朝着我笑。我觉得她很美，但我不知道怎样和她说这件事。

"怎么样？"她大声问道。

"就是这样。"

"身体好吗？需要的东西都有吗？"

"好，都有。"

我们都不说话了，玛丽一直在微笑。那个胖女人对着我身边的一个人大叫，那人无疑是她的丈夫，个子很高，金黄头发，目光坦然。我听到的是一段已经开始的谈话的下文。

"让娜不愿意要他。"她扯着嗓子大叫。

"哦，哦。"那男人说。

"我跟她说你出来后会再雇他的，她还是不愿意。"

玛丽也对我大声说莱蒙问我好，我说："谢谢。"但我的声音被我旁边那人给盖住了，他正问："他可好？"他老婆笑着回答道："他的身体从来没有这样好过。"我左面是个矮小的年轻人，手很纤细。他什么也不说。我注意到他对面是那位小老太太，两个人紧紧地相互望着。不过我没有时间再观察他们了，因为玛丽对我喊道不要失望。我说："对。"同时，我望着她，我真想隔着裙子搂住她的肩膀，我真想摸摸这细腻的布料，我不太清楚除此之外还应该盼望什么。但是这肯定就是玛丽刚才的意思，因为她一直在微笑。我只看到她发亮的牙齿和眼角上细细的皱纹。她又喊道："你会出来的，出来就结婚！"我回答道："你相信吗？"但主要是为了找点话说罢了。她于是很快地大声说她相信，我将被释放，我们还去游泳。但那个女人又吼起来，说她在书记室留了个篮子。她一样一样讲她放在里面的东西，要查对一下，因为这些东西很贵。我另一边的"邻居"和他母亲一直互相望着。地上蹲着的阿拉伯人在继续低声交谈。外面的光线好像越来越强，直射在窗户上。

我感到有些不舒服，真想走开。嘈杂声让我难受。但另一方面，我又想多看看玛丽。我不知道过了多少时间。玛丽跟我讲她的工作，她不住地微笑。低语声、喊叫声、谈话声交织成一片。唯有我身边那个矮小的年轻人和那个老太太之间是一个寂静的小孤岛，他们只是互相望着。渐渐地，阿拉伯人都被带走了。第一个人一走，几乎所有的人都不说话了。那个小老太太走近铁栏杆，这时，一个看守向她的儿子打了个手势。他说："再见，妈妈。"她把手从两根铁栏杆间伸出来，慢慢地、持续地摆了摆。

她一走，一个男人进来，手里拿着帽子，占了她留下的那块地方。这一边也有一个犯人被带了进来，他们热烈地谈了起来，但声音很小，因为大厅已经安静下来了。有人来叫我右边的那个人了，他老婆并没有放低声音，好像她没注意到已经不需要喊叫了："保重，小心。"然后就该我了。玛丽做出吻我的姿势。我在出去之前又回了回头。她站着不动，脸紧紧地贴在铁栅栏上，还带着为难的、不自然的微笑。

她的信是那以后不久写的。那些我从来也不喜欢讲的事情也是从这时候开始的。不管怎么说，不该有任何的夸大，这件事我做起来倒比别的事容易。在我被监禁的开始，最使我感到难以忍受的是，我还常有一些自由人的念头。例如，我想去海滩，朝大海走去。我想象着最先冲到我脚下的海浪的响声，身体跳进水里以及我所感到的解脱，这时我才一下子感到了牢房的四壁相距是多么地近。但这只持续了几个月。然后，我就只有囚徒的想法了。我等待着每日在院子里放风或我的律师来访。其余的时间，我也安排得很好。我常常想，如果让我住在一棵枯树干里，除了抬头看看天上的流云之外无事可干，久而久之，我也会习惯的。我会等待着鸟儿飞过或白云相会，就像我在这里等待着我的律师的奇特的领带，或者就像我在另一个世界里耐心等到星期六拥抱玛丽的肉体一样。何况，认真想想，我并不在一棵枯树干里。还有比我更不幸的人。不过，这是妈妈的一个想法，她常常说，到头来，人什么都能习惯。

况且，一般地说，我并没有到这种程度。开头几个月很苦。但是我不得不努力克制，也就过来了。例如，我老是想女人。这很自然，我还年轻嘛。我从不特别想到玛丽。我是想到女人，随便哪一个女人，所有我过去认识的女人，想到我爱过她们的各种各样的场合，想来想去，牢房里竟充满了一张张女人的面孔，到处只见我的性欲的冲动。从某种意义上说，这使我的精神失常，但从另一种意义上说，这却使我消磨了时间。我终于赢得了看守长的好感，他总是在开饭的时候跟厨房的伙计一道来。是他先跟我谈起了女人。他跟我说这也是其他人所抱怨的头一件大事。我对他说我跟他们一样，我认为这种待遇不公正。"可是，"他说，"正是为了这个才让您进监狱呀。"

"什么？为了这个？"

"是啊，自由，就是这个呀。您被剥夺了自由。"

我从来没想到这一层。我同意他的看法，我说："不错，不然的话，惩罚什么呢？"

"对，您明白事理。他们不懂。最后他们总是自己想办法。"看守说完就走了。

还有香烟也是个问题。我进监狱的时候，他们拿去了我的腰带、我的鞋带、我的领带、口袋里所有的东西，特别是我的香烟。一进牢房，我就要求他们还给我。但他们对我说这里禁止吸烟。头几天真难过。也许是这件事使我最为沮丧。我从床板上撕下几片木片来咂一咂。我整天想吐。我不明白，他们为什么不让我抽烟，抽烟并不损害任何人。后来我明白了，这也是惩罚的一部分，但这时候，我对不抽烟已经习惯了，这个惩罚对我已不成其为惩罚了。

除了这些烦恼外，我不算太不幸。全部的问题，我再说一遍，还是如何消磨时间。从我学会了回忆的那个时刻起，我就一点儿也不感到烦闷了。有时候，我想我从前住的房子，在想象中，我从一个角落开始走，再回到原处，心里数着一路上所看到的东西。开始，很快就数完了。但每一次重新开始，就变得稍微长了些。因为我想起了每一件家具，每一件家具上的每一件东西，每一件东西的全部细小的地方，而那些细小的地方本身，还有镶嵌着什么啦，一道裂缝啦，一条有缺口的边啦，还有颜色和木头的纹理啦。同时，我还试图让我这份清单不要断了线，试图把每一件东西都数全。结果，几个星期之后，单单数我房间里的东西，我就能过好几个钟头。这样，我越是想，想出来的原已忘记或根本认不出的东西就越多。于是我明白了，一个人哪怕只生活过一天，也可以毫无困难地在监狱里过上一百年。他会有足够的东西来回忆而不至于感到烦闷。从某种意义上说，这也是一种好处。

还有睡觉。开始，我夜里睡不好，白天根本睡不着。渐渐地，夜里睡得好，白天也能睡着了。我可以说，在最后几个月里，我每天睡十六到十八个钟头。那么，我每天要消磨的时间就剩下六个钟头了，其中包括吃饭、大小便、回忆和捷克斯洛伐克人的故事。

在草褥子和床板之间，有一天我发现了一块旧报纸，几乎粘在布上，已经发黄透亮了。那上面有一则新闻，开头已经没有了，但看得出来事情是发生在捷克斯洛伐克。一个人离开捷克的一个农村，外出谋生。二十五年之后，他发了财，带着老婆和一个孩子回来了。他的母亲和他的妹妹在家乡开了个旅店。为了让她们吃一惊，他把老婆孩子放在另一个地方，自己到了他母亲的旅店里，他进去的时候，她没认出他来。他想开个玩笑，竟租了个房间，并亮出他的钱来。夜里，他母亲和他妹妹用大锤把他打死，偷了他的钱，把尸体扔进河里。第二天早晨，他妻子来了，无意中说出那旅客的姓名。母亲上了吊，妹妹投了井。这段故事，我不知读了几千遍。一方面，这事不像真的；另一方面，却又很自然。无论如何，我觉得那个旅客有点自作自受，永远也不应该演戏。

这样，睡觉、回忆、读我的新闻，昼夜交替，时间也就过去了。我在书里读过，说在监狱里，人最后就失去了时间的概念。但是，对我来说，这并没有多大意义。我始终不理解，到什么程度人会感到日子是既长又短的。日子过起来长，这是没有疑问的，但它居然长到一天接一天。它们丧失了各自的名称。对我来说，唯一还有点意义的词是"昨天"和"明天"。

有一天，看守对我说我进来已经五个月了，我相信这点，但我又不理解。对我来说，我在牢房里过的总是同样的一天，做的也总是同样的事。那天，看守走了之后，我对着我的铁碗，看了看自己。我觉得，就是在我试图微笑的时候，我的样子还是很严肃。我晃了晃那铁碗。我微笑了，可碗里的神情还是那么严肃、忧愁。天黑了，这是我不愿意谈到的时刻，无以名之时刻，监狱各层的牢房里响起了夜晚的嘈杂声，随之而来的是一片寂静。我走近小窗口，借着最后的光亮，我又端详了一番我的样子。还是那么严肃。这有什么奇怪的呢？那会儿，我就是那么严肃嘛。但就在那时，几个月来，我第一次清楚地听见了我自己说话的声音。我认出来了，这就是很久以来一直在我耳边回响的声音啊，我这才明白，这一段时间里我一直在一个人说话。于是，我想起了母亲下葬那天女护士说过的话。不，出路是没有的，没有人能想象监狱里的晚上是怎样的。

三

我可以说，一个夏天接着一个夏天，其实也快得很。我知道天气刚刚转热，我的事就要有新的动向。我的案子定于重罪法庭最后一次开庭时审理，这次开庭将于六月底结束。辩论的时候，外面太阳火辣辣的。我的律师告诉我辩论不会超过两天或三天。他还说："再说，法庭忙着呢，您的案子并不是这次最重要的一件。在您之后，立刻就要办一件弑父案。"

早晨七点半，有人来提我，囚车把我送到法院。两名法警把我送进一间小里屋里。我们坐在门旁等着，隔着门，听见一片说话声、叫人的声音和挪动椅子的声音，吵吵嚷嚷地让我想到那些群众性的节日，音乐会之后，大家收拾场地准备跳舞。法警告诉我得等一会儿才开庭，其中一个还递给我一支烟，我拒绝了。过了一会儿，他问我"是不是感到害怕"，我说不害怕。甚至在某种意义上说，看一场官司，我觉得有趣，我有生以来还从没有机会看过呢。"的确，"第二个法警说，"不过看多了也累得慌。"

不一会儿，房子里一个小电铃响了。他们给我摘下手铐，打开门，让我走到被告席上去。大厅里人坐得满满的。尽管挂着窗帘，有些地方还是有阳光射进来，空气已经闷得不行。窗户都关上了。我坐下，两名法警一边一个。这时，我看见我面前有一排面孔，都在望着我，我明白了，这是陪审员。但我说不出来这些面孔彼此间有什么区别。我只有一个印象，仿佛我在电车上，对面一排座位上的旅客盯着新上来的人，想发现有什么可笑的地方。我知道这种想法很荒唐，因为这里他们要找的不是可笑之处，而是罪恶。不过，区别并不大，反正我是这样想的。

还有，门窗紧闭的大厅里这么多人也使我头昏脑涨。我又看了看法庭上，还是一张脸也看不清。我认为，首先是我没料到大家都急着想看看我。平时，谁也不注意我这个人。今天，我得费一番力气才明白我是这一片骚动的起因。我对法警说："这么多人！"他回答我说这是因为报纸，他指给我坐在陪审员座位下面桌子旁边的一群人，说："他们在那儿。"我问："谁?"他说："报馆的人呀。"他认识其中的一个记者，那人这时也看见了他，并朝我们走过来。这人年纪已经不小了，样子倒也和善，只是脸长得有点滑稽。他很亲热地握了握法警的手。我这时注意到大家都在握手、打招呼、谈话，好像在俱乐部里碰到同一个圈子里的人那样高兴。我明白了为什么我刚才会有那么奇怪的感觉，仿佛我是个多余的人，是个擅自闯入的家伙。但是，那个记者微笑着跟我说话了，希望我一切顺利。我谢了他，他又说："您知道，我们有点儿夸大了您的案子。夏天，对报纸来说是个淡季。只有您的事和那宗弑父案还有点儿什么。"他接着指给我看他刚离开的那群人中的一个矮个子，那人像只肥胖的鼬，戴着一副黑边大眼镜。他说那是巴黎一家报纸的特派记者："不过，他不是为您来的。因为他来报道那宗弑父案，人家也就要他同时把您的案子一道发回去。"说到这儿，我又差点儿要感谢他。但我想这将是很可笑的。他举手向我亲切地摆了摆，离开了我们。我们又等了几分钟。

我的律师到了。他穿着法袍，周围还有许多同行。他朝记者们走去，跟他们握了握手。他们打趣、大笑，显得非常自如，直到法庭上铃响为止。大家各就各位。我的律师朝我走来，跟我握手，嘱咐我回答问题要简短，不要主动说话，剩下的就由他办了。

左边，我听见有挪椅子的声音，我看见一个身材细高的人，穿着红色法袍，戴着夹鼻眼镜，仔细地折起长袍坐下了。这是检察官。执达吏宣布开庭。同时，两个大电扇一齐嗡嗡地响起来。三个推事，两个着黑衣，一个着红衣，夹着卷宗进来，很快地朝俯视着大厅的高台走去。着红衣的那个人坐在中间的椅子上，把帽子放在身前，用手帕擦了擦小小的秃顶，宣布审讯开始。

记者们已经拿起了钢笔。他们都漠不关心，有点傻乎乎的样子。然而，其中有一个，年纪轻得多，穿一身灰法兰绒衣服，系着蓝色的领带。他把笔放在前面，望着我。在那张不大匀称的脸上，我只看见两只淡淡的眼睛，专心地端详着我，表情不可捉摸。而我有一种奇怪的印象，好像是我自己看着我自己。也许是因为这一点，当然也因为我不知道这种场合的规矩，我对后来发生的事都没怎么搞清楚，例如陪审员抽签，庭长向律师、向检察官和向陪审团提问（每一次，所有的陪审员的脑袋都同时转向法官），很快地念起诉书（我听出了一些地名和人名），然后再向我的律师提问。

庭长说应该传讯证人了。执达吏念了一些姓名，引起了我的注意。在这群我刚才没看清楚的人当中，我看见几个人一个个站起来，从旁门走出去，他们是养老院的院长和门房、老多玛·贝莱兹、莱蒙、马松、萨拉玛诺、玛丽。玛丽还焦虑不安地看了看我。我还在奇怪怎么没有早些看见他们，赛莱斯特最后听到他的名字，站了起来。在他身边，我认出了在饭馆见过的那个小女人，她还穿着那件短外套，一副坚定不移、一丝不苟的神气。她紧紧地盯着我。但是我没有时间多考虑，因为庭长讲话了。他说真正的辩论就要开始了，他相信无须再要求听众保持安静。据他说，他的职责是不偏不倚地引导有关一宗他要客观对待的案子的辩论。陪审团提出的判决将根据公正的精神做出，在任何情况下，如有哪怕最微不足道的捣乱的情况，他都要把听众逐出法庭。

大厅里越来越热，我看见推事们都拿报纸扇了起来，立刻响起一阵持续的哗啦哗啦的纸声。庭长示意，执达吏送来三把草蒲扇，三位推事马上使用起来。

审讯立刻开始。庭长心平气和地，我觉得甚至是带着一些亲切感地向我发问。不管我多么厌烦，他还是先让我自报家门，我想这也的确是相当自然的，万一把一个人当成另一个人，那可就太严重了。然后，庭长又开始叙述我做过的事情，每读三句话就问我一声："是这样吗？"每一次，我都根据律师的指示回答道："是，庭长先生。"这持续了很久，因为庭长叙述得很细。这时候，记者们一直在写。我感到了他们当中最年轻的那个和那架小自动机器的目光。电车板凳上的那一排人都面向着庭长。庭长咳嗽一声，翻翻材料，一边扇着扇子，一边转向我。

他说他现在要提出几个与我的案子表面上没有关系而实际上可能大有关系的问题。我知道他又要谈妈妈了，我感到我是多么厌烦。他问我为什么把妈妈送进养老院。我回答说我没有钱请人照看她，给她看病。他问我，就个人而言，这是否使我很难受，我回答说无论是妈妈，还是我，都不需要从对方那里得到什么，再说也不需要从任何人那里得到什么，我们俩都习惯了新的生活。于是，庭长说他并不想强调这一点，他问检察官是否有别的问题向我提出。

这一位半转过脊背对着我，并不看我，说如果庭长允许，他想知道我是不是怀着杀死阿拉伯人的意图独自回到水泉那里。"不是。"我说。"那么,您为什么带着武器,又单单回到这个地方去呢?"我说这是偶然的。检察官以一种阴险的口吻说:"暂时就是这些。"接下来的事就有点不清楚了,至少对我来说是如此。但是,经过一番秘密磋商之后,庭长宣布休庭,听取证词改在下午进行。

我没有时间思考。他们把我带走,装进囚车,送回监狱吃饭。很快,在我刚感到累时,就有人来提我了。一切又重来一遍,我被送到同一个大厅里,我面前还是那些面孔。只是大厅里更热了,仿佛奇迹一般,陪审员、检察官、我的律师和几个记者,人人手中都拿了一把蒲扇。那个年轻的记者和那个小女人还在那儿。但他们不扇扇子,默默地望着我。

我擦了擦脸上的汗,直到我听见传养老院院长,这才略微意识到了我所在的地方和我自己。他们问他妈妈是不是埋怨我,他说是的,不过院里的老人埋怨亲人差不多是一种通病。庭长让他明确妈妈是否怪我把她送进养老院,他又说是的。但这一次,他没有补充什么。对另一个问题,他回答说他对我在下葬那天所表现出的冷静感到惊讶。这时,院长看了看他的鞋尖儿,说我不想看看妈妈,没哭过一次,下葬后立刻就走,没有在她坟前默哀。还有一件使他惊讶的事,就是殡仪馆的一个人跟他说我不知道妈妈的年龄。大厅里一片寂静,庭长问他说的是否的确是我。院长没有听懂这个问题,说道:"这是法律。"然后,庭长问检察官有没有问题向证人提出,检察官大声说道："噢！没有了，已经足够了。"他的声音这样响亮，他带着这样一种得意扬扬的目光望着我，使我多年来第一次产生了愚蠢的想哭的愿望，因为我感到这些人是多么地憎恨我。

问过陪审团和我的律师有没有问题之后，庭长听了门房的证词。门房和其他人一样，也重复了同样的仪式。他走到我跟前看了我一眼，就转过脸去了。他回答了他们提出的问题。他说我不想看看妈妈，却抽烟、睡觉，还喝了牛奶咖啡。这时，我感到有什么东西激怒了整个大厅里的人，我第一次认识到我是有罪的。他们又让门房把喝牛奶咖啡和抽烟的事情重复一遍。检察官看了看我，眼睛里闪着一种嘲讽的光。这时，我的律师问门房是否和我一道抽烟了。可是检察官猛地站起来，反对这个问题："这里究竟谁是罪犯？这种为了减弱证词的力量而反诬证人的做法究竟是什么做法？但是，证词并不因此而减少其不可抵抗的力量！"尽管如此，庭长还是让门房回答这个问题。老头子很难为情地说："我知道我也不对，但是我当时没敢拒绝先生给我的香烟。"最后，他们问我有没有什么要补充的。我说："没有，只是证人说得对。我的确给了他一支香烟。"这时，门房既有点儿惊奇又怀着某种感激的心情看了看我。他迟疑了一下，说牛奶咖啡是他请我喝的。我的律师得意地叫了起来，说陪审员们一定会重视这一点的。但是检察官在我们头上发出雷鸣般的声音，说道："对，陪审员先生们会重视的。而他们的结论将是，一个外人可以请喝咖啡，而一个儿子，面对着生了他的那个人的尸体，就应该拒绝。"门房回到他的座位上去。

轮到多玛·贝莱兹了，一个执达吏把他扶到证人席上。贝莱兹说他主要是认识我母亲，他只在下葬的那一天见过我一次。他们问他我那天干了些什么，他回答道："你们明白，我自己当时太难过了。所以，我什么也没看见。痛苦使我什么也看不见。因为对我来说，这是非常大的痛苦。我甚至都晕倒了。所以，我不能看见先生做了些什么。"检察官问他，是不是至少看见过我哭。贝莱兹说没看见。于是，检察官也说："陪审员先生们会重视这一点的。"但我的律师生气了。他用一种我觉得过火的口吻问贝莱兹，他是否看见我不哭。贝莱兹说："没看见。"一阵哄堂大笑。我的律师卷起一只袖子，以一种不容争辩的口吻说道："请看，这就是这场官司的形象。一切都是真的，又没有什么是真的！"检察官沉下脸来，居心叵测，用铅笔在档案材料的标题上戳着。

在审讯暂停的五分钟里，我的律师对我说一切进行得再好不过，然后，他们听了赛莱斯特的辩护，他是由被告方面传来的。所谓被告，当然就是我了。赛莱斯特不时地朝我这边望望，手里摆弄着一顶巴拿马草帽。他穿着一身新衣服，那是他有几个星期天跟我一起去看赛马时穿的。但是我现在认为他那时没有戴硬领，因为他领口上只扣着一枚铜纽扣。他们问他我是不是他的顾客，他说："是，但也是一个朋友。"问到他对我的看法，他说我是个男子汉。问他这是什么意思，他说谁都知道那是什么意思。问他是否注意到我是个缄默孤僻的人，他只承认我不说废话。检察官问他我是不是按时付钱，他笑了，说："这是我们两个人之间的私事。"他们又问他对我的罪行有什么看法。这时，他把手放在栏杆上，看得出来他是有所准备的。他说："依我看，这是件不幸的事。谁都知道不幸是什么。这使你没法抗拒。因此，依我看，这是件不幸的事。"他还要继续说，但庭长说这很好，谢谢他。赛莱斯特有点儿愣了。但是他说他还有话。他们让他说得简短些。他又重复了一遍说这是件不幸的事。庭长说："是啊，这是当然。我们在这儿就是为了判断这一类的不幸。谢谢您。"仿佛他已尽其所能并表现了他的好意，他就朝我转过身来。我觉得他的眼睛发亮，嘴唇哆嗦着。他好像是问我他还能做些什么。我呢，我什么也没说，我没有任何表示，但是，我有生以来第一次想拥抱一个男人。庭长又一次请他离开辩护席。赛莱斯特这才回到旁听席上去。在剩下的时间里，他一直待在那里，身子稍稍前倾，两肘支在膝头上，手里拿着草帽，听着大家说话。玛丽进来了。她戴着帽子，还是那么美。但是我喜欢她披散着头发。从我坐的地方，我可以感觉到她轻盈的乳房，看得出她的下嘴唇总是有点儿发肿。她好像很紧张。一上来，人家就问她从什么时候起和我认识。她说是从她在我们公司做事的时候起。庭长想知道她和我是什么关系。她说她是我的朋友。在回答另一个问题时，她说她的确要和我结婚。检察官翻了翻一卷材料，突然问她是什么时候和我发生关系的。她说了个日子。检察官以一种漠不关心的神气指出，那似乎是妈妈死后的第二天。然后，他又颇含讥讽地说他不想强调一种微妙的处境，他很理解玛丽的顾虑，但是（说到这里，他的口气强硬了），他的职责使他不能不越过通常的礼仪。因此，他要求玛丽讲一讲我碰见她的那一天的情况。玛丽不愿意说，但在检察官的坚持下，她讲了我们游泳、看电影，然后回到我那里去。检察官说，根据玛丽在预审中所提供的情况，他查阅了那一天的电影片目。他要玛丽自己说那一天放的是什么电影。她的声音都变了，说那是一部费南代尔的片子。她说完，大厅里鸦雀无声。这时，检察官站起来，神情非常庄重，伸出手指着我，用一种我认为的确是很激动的声音，一个字一个字地慢慢说道："陪审员先生们，这个人在他母亲死去的第二天，就去游泳，就开始搞不正当的关系，就去看滑稽影片开怀大笑。至于别的，我就用不着多说了。"他坐下了，大厅里还是一片寂静。忽然，玛丽大哭起来，说情况不是这样，还有别的，刚才的话不是她心里想的，是人家逼她说的，她很了解我，我没做过任何坏事。但是执达吏在庭长的示意下把她拖了出去。审讯继续。

紧接着是马松说话，人们都不怎么听了，他说我是个正经人，他"甚至还要说，是个老实人"。至于萨拉玛诺，就更没有人听了。他说我对他的狗很好。当问到关于我母亲和我的时候，他说我跟妈妈无话可说，所以我才把妈妈送进养老院。他说："应该理解呀，应该理解呀。"可是似乎没有一个人理解。他被带了出去。

轮到莱蒙了，他是最后一个证人。莱蒙朝我点点头，立刻说道我是无罪的。但是，庭长说法庭要的不是判断而是证据。他要他先等着提问，然后再回答。他们要他明确他和被害人的关系。莱蒙趁此机会说被害人恨的是他，因为他羞辱了他姐姐。但庭长问他被害人是否就没有理由恨我。莱蒙说我到海滩上去完全是出于偶然。检察官问他作为悲剧的根源的那封信怎么会是我写的。莱蒙说那是出于偶然。检察官反驳说偶然在这宗案子里对人的良心所产生的坏作用已经不少了。他想知道，当莱蒙羞辱他的情妇时，我没有干涉，这是不是出于偶然；我到警察局去做证，是不是出于偶然；我在做证时说的话纯粹是献殷勤，是不是也出于偶然。最后，他问莱蒙靠什么生活，莱蒙说是"仓库管理员"。检察官朝着陪审员们说道，众所周知，证人干的是乌龟的行当。我是他的同谋和朋友。这是一个最下流的无耻事件，由于加进了一个道德上的魔鬼而变得更加严重。莱蒙要声辩，我的律师也提出抗议，但是人家要他们让检察官说完。他说："我的话不多了。他是您的朋友吗？"他问莱蒙。莱蒙说："是，他是我的朋友。"检察官又向我提出同一个问题，我看了看莱蒙，他也正看着我。我说："是。"检察官于是转向陪审团，说道："还是这个人，他在母亲死后的第二天就去干最荒淫无耻的勾当,为了了结一桩卑鄙的桃色事件就去随随便便地杀人!"

他坐下了。我的律师已经按捺不住,只见他举起胳膊,法袍的袖子都落了下来,露出了里面浆得雪白的衬衫,大声嚷道:"说来说去,他被控埋了母亲还是被控杀了人?"听众一阵大笑。但检察官又站了起来,披了披法袍,说道需要有这位可敬的辩护人那样的聪明才智才能不感到在这两件事之间有一种深刻的、感人的、本质的关系。他用力地喊道:"是的,我控告这个人怀着一颗杀人犯的心埋葬了一位母亲。"这句话似乎在听众里产生了很大的效果。我的律师耸了耸肩,擦了擦额上的汗水。但他本人似乎也受到了震动,我明白我的事情不妙了。

审讯结束。走出法院登上车子的时候,一刹那间,我又闻到了夏日傍晚的气息,看到了夏日傍晚的色彩。在这走动着的、昏暗的囚室里,我仿佛从疲倦的深渊里听到了这座我所热爱的城市的、某个我有时感到满意的时刻种种熟悉的声音。在已经轻松的空气中飘散着卖报人的吆喝声,滞留在街头公园里的鸟雀的叫声,卖夹心面包的小贩的喊叫声,电车在城里高处转弯时的呻吟声,港口上方黑夜降临前空中的嘈杂声,这一切又在我心中画出了一条我在入狱前非常熟悉的、在城里随意乱跑时的路线。是的,这是很久以前我感到满意的那个时刻。那时候,等待我的总是轻松的、连梦也不做的睡眠。然而,有些事情已经起了变化，因为我又回到了牢房，等待着第二天。仿佛画在夏日天空中的熟悉的道路既能通向牢房，也能通向安静的睡眠。

四

即便是坐在被告席上,听见大家谈论自己也总是很有意思的。在检察官和我的律师进行辩论的时候,我可以说,大家对我的谈论是很多的,也许谈我比谈我的罪行还要多。不过,这些辩护词果真有那么大的区别吗?律师举起胳膊,说我有罪,但有可以宽恕的地方。检察官伸出双手,宣告我的罪行,没有可以宽恕的地方。但是,有一件事使我模模糊糊地感到尴尬。尽管我心里不安,但有时我很想参与进去说几句,但这时我的律师就对我说:"别说话,这对您更有利。"可以这么说,他们好像在处理这宗案子时把我撇在一边。一切都在没有我的干预下进行着。我的命运被决定,而根本不征求我的意见。我不时地真想打断他们,对他们说:"可说来说去,究竟谁是被告?被告也是很重要的。我也有话要说呀。"但是三思之后,我也没有什么好说的。再说,我应该承认,一个人对别人所感到的兴趣持续的时间并不长。例如,检察官的控诉很快就使我厌烦了。只有那些和全局无关的片言只语,几个手势,或连珠炮般说出来的大段议论,还使我感到惊奇,或引起我的兴趣。

如果我没有理解错的话，他的思想实质是我杀人是有预谋的。至少，他试图证明这一点。正如他自己所说："先生们，我将提出证据，我将提出双重的证据。首先是光天化日之下的犯罪事实，然后是这个罪恶灵魂的心理向我提供的晦暗的启示。"他概述了妈妈死后的一系列事实。他提出我的冷漠，不知道妈妈的岁数，第二天跟一个女人去游泳，看电影，还是费南代尔的片子，最后同玛丽一起回去。那个时候，我是花了很长时间才明白他的话的，因为他说什么"他的情妇"，而对我来说，情妇原来就是玛丽。接着，他又谈到了莱蒙的事情。我发现他观察事物的方式倒不乏其清晰正确。他说的话还是可以接受的。我和莱蒙合谋写信把他的情妇引出来，然后让这个"道德可疑"的人去羞辱她。我在海滩上向莱蒙的仇人进行挑衅。莱蒙受了伤。我向他要来了手枪。我为了使用武器又一个人回去。我预谋打死阿拉伯人。我又等了一会儿。"为了保证事情干得彻底"，我又沉着地、稳妥地、在某种程度上是经过深思熟虑地开了四枪。

"事情就是这样，先生们，"检察官说，"我把这一系列事情的线索给你们勾画出来，说明这个人如何在神志完全清醒的情况下杀了人。我强调这一点。因为这不是一宗普通的杀人案，不是一个未经思考的、你们可能认为可以用当时的情况加以减轻的行动。这个人，先生们，这个人是很聪明的。你们都听过他说话，不是吗？他知道如何回答问题。他熟悉用词的分量。人们不能说他行动时不知道自己干的是什么。"

我听着,我听见他们认为我聪明。但我不太明白,平常人身上的优点到了罪犯的身上,怎么就能变成沉重的罪名。至少,这使我感到惊讶,我不再听检察官说话了,直到我又听见他说:"难道他曾表示过悔恨吗?从来没有,先生们。在整个预审的过程中,这个人从来没有一次对他这个卑劣的罪行表示过激动。"这时,他朝我转过身来,用指头指着我,继续对我横加责难,但事实上,我并不知道这是为什么。当然,我也不能不承认他说得有道理。对我的行动我并不怎么悔恨。但是他这样激烈却使我吃惊。我真想亲切地,甚至友爱地试着向他解释清楚,我从来不会对某件事真正感到悔恨。我总是为将要发生的事,为今天或明天操心。但是,当然啰,在我目前所处的境况中,我是不能以这种口吻向任何人说话的。我没有权利对人表示亲热,也没有权利有善良的愿望。我试图再听听,因为检察官说起我的灵魂来了。

他说,陪审员先生们,他曾仔细探索过我的灵魂,结果一无所获。他说实际上我根本就没有灵魂,对于人性,对于人们心中的道德原则,我都是一窍不通。他补充道:"当然,我们也不能责怪他。他不能得到的,我们也不能怪他没有。但是说到法院,宽容所具有的全然反面的作用应该转化为正义所具有的作用,这不那么容易,但是更为高尚,特别是当这个人的心已经空虚到人们所看到的这种程度,正在变成连整个社会也可能陷进去的深渊的时候。"这时，他又说到我对待妈妈的态度。他重复了他在辩论中说过的话。但是他的话要比谈到我的杀人罪时多得多，多到最后我只感到早晨的炎热了。最后，他停下了，沉默了一会儿，又用低沉的、坚信不疑的声音说道："先生们，这个法庭明天将要审判一宗滔天罪行：杀死亲生父亲。"据他说，这种残忍的谋杀使人无法想象。他斗胆希望人类的正义要坚决予以惩罚而不能手软。但是，他敢说，这一罪行在他身上引起的憎恶比起我的冷漠使他感到的憎恶来，几乎是相形见绌的。他认为，一个在精神上杀死母亲的人，和一个杀死父亲的人，都是以同样的罪名自绝于人类社会。在任何一种情况下，前者都是为后者的行动做准备，以某种方式预示了这种行动，并且使之合法化。他提高了声音说："先生们，我坚信，如果我说坐在这张凳子上的人也犯了这个法庭明天将要审判的那种谋杀罪，你们不会认为我这个想法过于大胆的。因此，他要受到相应的惩罚。"说到这里，检察官擦了擦因出汗而发亮的脸。最后，他说他的职责是痛苦的，但是他要坚决地完成它。他说我与一个我连最基本的法则都不承认的社会毫无干系，我不能对人类的心有什么指望，因为我对其基本的反应根本不知道。他说："我向你们要这个人的脑袋，而在我这样请求时，我的心情是轻松的。在我这操之已久的生涯中，如果我有时请求处人以极刑的话，我却从未像今天这样感到我这艰巨的职责得到了补偿、平衡和启发，因为我已意识到某种神圣的、不可抗拒的命令，因为我在这张除残忍之外一无所见的人的脸上感到了憎恶。"

检察官坐下了，在相当长的一段时间里，大厅里一片寂静。我呢，我已经由于炎热和惊讶而昏头昏脑了。庭长咳嗽了几声，用很低的声音问我还有什么话要说。我站了起来。由于我很想说话，我就有点儿没头没脑地说我没有打死那个阿拉伯人的意图。庭长说这是肯定的，到现在为止，他还摸不清我的辩护方式，他说他很高兴在我的律师发言之前先让我说清楚我的行为的动机。我说得很快，有点儿语无伦次，我意识到了我很可笑，我说是因为太阳。大厅里有人笑了起来。我的律师耸了耸肩膀，马上，他们就让他发言了。但是他说时间不早了，他需要好几个钟头，他要改在下午。法庭同意了。

下午，巨大的电扇依旧搅动着大厅里混浊的空气，陪审员们手里五颜六色的小扇子都朝着一个方向摇动。我觉得我的律师的辩护词大概说不完了。有一阵，我注意听了听，因为他说："的确，我是杀了人。"接着，他继续使用这种口吻，每次谈到我时他也总是以"我"相称。我很奇怪。我朝一个法警弯下身子，问他这是为什么。他叫我住嘴，过了一会儿，他跟我说："所有的律师都是这样。"我呢，我想这还是排斥我，把我化为乌有，从某种意义上说，他取代了我。不过，我已经和这个法庭距离很远了。再说，我也觉得我的律师很可笑。他很快以挑衅为理由进行辩护，然后也谈起我的灵魂。不过，我觉得他的才华大大不如检察官的。他说:"我也仔细探索了这个灵魂,但是与检察院的这位杰出代表相反,我发现了一些东西,而且我还可以说,我看得一目了然。"他看到我是个正经人,一个正派的职员,不知疲倦,忠于雇主,受到大家的爱戴,同情他人的痛苦。在他看来,若论儿子,我是典范,我在力所能及的范围内尽力供养母亲,最后,为了让她享受到我力所不及的舒适,这才把老太太送进养老院的。他说:"先生们,我感到奇怪的是,大家对养老院议论纷纷。因为说到底,如果需要证明这些设施的用处和伟大,只需说是国家本身资助的就够了。"只是他没有提到下葬的问题,我感到这是他的辩护的漏洞。但是,由于这些长句,由于人们一小时又一小时、一天又一天地没完没了地谈论我的灵魂,使我产生了一种印象,仿佛一切都变成一片没有颜色的水,我看得头晕目眩。

最后,我只记得,正当我的律师继续发言时,一个卖冰的小贩吹响了喇叭,从街上穿过所有的大厅和法庭传到我的耳畔。对于某种生活的种种回忆突然涌上我的脑海,这种生活虽已不属于我,但我曾经在那里发现了我最可怜、最深刻难忘的快乐:夏天的气味、我热爱的街区、某一种夜空、玛丽的笑容和裙子。在这里我所做的一切都毫无用处的想法涌上了心头,压得我喘不过气来,我只想赶紧让他们结束,赶紧回到牢房去睡觉。所以,最后我的律师大嚷大叫,我也几乎没有听见。他说陪审员们是不会把一个一时糊涂的正直劳动者打发到死亡那里去的，他要求考虑那些可减罪的情节，因为我已背上了杀人罪的重负，这是永远的悔恨，最可靠的刑罚。法庭中止辩论，我的律师精疲力竭地坐下了。他的同事们都过来同他握手。我听见他们说："棒极了，亲爱的。"其中一个甚至拉我来做证："嗯，您说怎么样？"我表示同意，但是我的赞扬并不真心真意，因为我太累了。

然而，外面天色已晚，也不那么热了。从街上听到的一些声音，我可以猜想到傍晚时分的凉爽。我们都在那儿等着。其实，大家一道等着的事只跟我一人有关。我又看了看大厅。一切都和第一天一样。我碰到了那个穿灰上衣的记者和那个像自动机器一样的女人的目光。这使我想了起来，在整个审判过程中，我都没有朝玛丽那边看过一眼。我并没有忘记她，但我的事情太多了。我看见她坐在赛莱斯特和莱蒙之间。她朝我做了个小小的动作，仿佛是说："总算完了。"我看见她那有些焦虑的脸上泛起了微笑。但我觉得我的心已和外界隔绝，我甚至没有回答她的微笑。

法官们回来了。很快，有人把一连串的问题念给他们听。我听见什么"杀人犯""预谋""可减轻罪行的情节"，等等。陪审员们出去了，我被带进我原来在里面等候的那间小屋子里。我的律师也来了。他口若悬河，话说得从来也没有像现在那样有信心，那样亲切，他认为一切顺利，我只需坐几年监狱或服几年苦役就完事。我问他如果判决不利，有没有上诉最高法院的机会。他说没有。他的策略是不提出当事人的意见，免得引起陪审团的不满。他对我解释说，不能无缘无故随便上诉。我觉得这是明摆着的事，便同意了他的看法。其实，冷静地看问题，这也是很自然的。否则，要费的公文状纸就太多了。我的律师说："无论如何，上诉是可以的。不过，我确信判决会有利的。"

我们等了很久，我想约有三刻钟。铃声响了。我的律师向我告别，说道："庭长要宣读对质询的答复了。您要到宣读判决的时候才能进去。"我听见一阵门响。一些人在楼梯上跑过，听不出远近。接着，我听见大厅中一个低沉的声音在读着什么。铃又响了，门开了，大厅里一片寂静，静极了，我注意到那个年轻的记者把眼睛转到别处，一种奇异的感觉油然而生。我没有朝玛丽那边看。我没有时间，因为庭长用一种奇怪的方式对我说要以法兰西人民的名义在一个广场上将我斩首示众。我这时才觉得认清了我在所有这些人脸上所看到的感情。我确信那是尊敬。法警对我也温和了。律师把手放在我的腕上。我什么也不想了。庭长问我还有什么话要说。我说："没有。"他们这才把我带走。

五

我拒绝接待指导神甫，这已经是第三次了。我跟他没有什么可说的，我不想说话，很快我又会见到他。我现在感兴趣的，是想逃避不可逆转的进程，是想知道不可避免的事情能不能有一条出路。我又换了牢房。在这个牢房里，我一躺下，就看得见天空，也只能看见天空。我整天整天地望着它的脸上那把白昼引向黑夜的逐渐减弱的天色。我躺着，把手放在脑后，等待着。我不知道想过多少次，是否曾有判了死刑的人逃过了那无情的、不可逆转的进程，法警的绳索断了，临刑前不翼而飞，于是，我就怪自己从前没有对描写死刑的作品给予足够的注意。对于这些问题，一定要经常关心。谁也不知道会有什么事情发生。像大家一样，我读过报纸上的报道。但是一定有专门著作，我却从来没有想到去看看。那里面，也许我会找到有关逃跑的叙述。那我就会知道，至少有那么一次，绞架的滑轮突然停住了，或是在一种不可遏止的预想中，仅仅有那么一回，偶然和运气改变了什么东西。仅仅一次！从某种意义上说，我认为这对我也就足够了，剩下的就由我的良心去管。报纸上常常谈论对社会欠下的债。依照他们的意思,欠了债就要还。不过,在想象中这就谈不上了。重要的,是逃跑的可能性,是一下子跳出那不可避免的仪式,是发疯般地跑,跑能够为希望提供各种机会。自然,所谓希望,就是在马路的一角,在奔跑中被一颗流弹打死。但是我想来想去,没有什么东西允许我有这种享受,一切都禁止我做这种非分之想,那不可逆转的进程又抓住了我。

尽管我有善良的愿望,我也不能接受这种咄咄逼人的确凿性。因为,说到底,在以这种确凿性为根据的判决和这一判决自宣布之时起所开始的不可动摇的进程之间,存在着一种可笑的不相称。判决是在20点而不是在17点宣布的,它完全可能是另一种结论,它是由一些换了衬衣的人做出的,它要取得法国人民的信任,而法国人(或德国人,或中国人)却是一个很不确切的概念,这一切使得这决定很不严肃。但是,我不得不承认,从做出这项决定的那一秒钟起,它的作用就和我的身体靠着的这堵墙的存在同样确实、同样可靠。

这时,我想起了妈妈讲的关于我父亲的一段往事。我没有见过我的父亲。关于这个人,我所知道的全部确切的事,可能就是妈妈告诉我的那些事。有一天,他去看处决一名杀人凶手。他一想到去看杀人,就感到不舒服。但是,他还是去了,回来后呕吐了一早上。我听了之后,觉得我的父亲有点儿叫我厌恶。现在我明白了,那是很自然的。我当时居然没有看出执行死刑是件最最重要的事，总之，是真正使一个人感兴趣的唯一的一件事！如果一旦我能从这座监狱里出去，我一定去观看所有的处决。我想，我错了，不该想到这种可能性。因为要是有么一天清晨我自由了，站在警察的绳子后面，可以这么说，站在另一边，作为看客来看热闹，回来后还要呕吐一番，我一想到这些，就有一阵恶毒的喜悦涌上心头。然而，这是不理智的。我不该让自己有这些想法，因为这样一想，我马上就感到冷得要命，在被窝里缩成一团，还禁不住把牙咬得咯咯响。

当然啰，谁也不能总是理智的。比方说，有几次，我就制定了一些法律草案。我改革了刑罚制度。我注意到最根本的是要给犯人一次机会。只要有千分之一的机会，就足以安排许多事情。这样，我觉得人可以去发明一种化学药物，服用之后可以有十分之九的机会杀死受刑者（是的，我想的是受刑者）。条件是要让他事先知道。因为我经过反复的考虑、冷静的权衡，发现断头刀的缺点就是没给任何机会，绝对地没有。一劳永逸，一句话，受刑者的死是确定无疑的了。那简直是一桩已经了结的公案，一种已经确定了的手段，一项已经谈妥的协议，再也没有重新考虑的可能了。如果万一头没有砍下来，那就得重来。因此，令人烦恼的是，受刑的人得希望机器运转可靠。我说这是它不完善的一面。从某方面说，事情确实如此。但从另一方面说，我也得承认，严密组织的全部秘密就在于此。总之，受刑者在精神上得对行刑有所准备，他所关心的就是不发生意外。

我也不能不看到，直至此时为止，我对于这些问题有着一些并非正确的想法。我曾经长时间地以为——我也不知道是为什么——上断头台，要一级一级地爬到架子上去。我认为这是由于1789年大革命的缘故，我的意思是说，关于这些问题人们教给我或让我看到的就是这样。但是有一天早晨，我想起了一次引起轰动的处决，报纸上曾经登过一张照片。实际上，杀人机器就放在平地上，再简单也没有了。它比我想象的要窄小得多。这一点我早先没有觉察到，是相当奇怪的。照片上的机器看起来精密、完善、闪闪发光，使我大为叹服。一个人对他所不熟悉的东西总是有些夸大失实的想法。我应该看到，实际上一切都很简单：机器和朝它走过去的人都在平地上，人走到它跟前，就跟碰到另外一个人一样。这也很讨厌。登上断头台，仿佛升天一样，想象力是有了用武之地。而现在呢，不可逆转的进程压倒一切：一个人被处死，一点也没引起人的注意，这有点丢脸，然而却非常确切。

还有两件事是我耿耿于怀时常考虑的，那就是黎明和我的上诉。其实，我总给自己讲道理，试图不再去想它。我躺着，望着天空，努力对它产生兴趣。天空变成绿色，这是傍晚到了。我再加一把劲儿，转移转移思路。我听着我的心。我不能想象这种跟了我这么久的声音有朝一日会消失。我从未有过真正的想象力。但我还是试图想象出那样一个短暂的时刻，那时心的跳动不再传到脑子里了。但是没有用。黎明和上诉还在那儿。最后我对自己说，最通情达理的做法，是不要勉强自己。

我知道，他们总是黎明时分来的。因此，我夜里全神贯注，等待着黎明。我从来也不喜欢遇事措手不及。要有什么事发生，我更喜欢有所准备。这就是为什么我最后只在白天睡一睡，而整整一夜，我耐心地等待着日光把天窗照亮。最难熬的，是那个朦胧晦暗的时辰，我知道他们平常都是在那时候行动的。一过半夜，我就开始等待，开始窥伺。我的耳朵从没有听到过那么多的声音，分辨出那么细微的声响。我可以说，在整个这段时间里，我总还算有运气，因为我从未听见过脚步声。妈妈常说，一个人从来也不会是百分之百的痛苦。当天色发红，新的一天悄悄进入我的牢房时，我就觉得她说得实在有道理。况且也因为，我本是可以听到脚步声的，我的心也本是可以紧张得炸开的。甚至一点点窸窣的声音也使我扑向门口，甚至把耳朵贴在门板上，发狂似的等待着，直到听到自己的呼吸声，很粗，那么像狗的喘气，因而感到惊骇万状，但总的来说，我的心并没有炸开，而我又赢得了二十四小时。

白天，我就考虑我的上诉。我认为我已抓住这一念头里最可贵之处。我估量我能获得的效果，我从我的思考中获得最大的收获。我总是想到最坏的一面，即我的上诉被驳回。"那么，我就去死。"不会有别的结果，这是显而易见的。但是，谁都知道，活着是不值得的。事实上我不是不知道三十岁死或七十岁死关系不大，当然啰，因为不论是哪种情况，别的男人和女人就这么活着，而且几千年都如此。总之，没有比这更清楚的了，反正总是我去死，现在也好，二十年后也好。此刻在我的推理中使我有些为难的，是我想到我还要活二十年时心中所产生的可怕的飞跃。不过，在设想我二十年后会有什么想法时（假如果真要到这一步的话），我只把它压下去就是了。假如要死，怎么死，什么时候死，这都无关紧要。所以（困难的是念念不忘这个"所以"所代表的一切推理），我的上诉如被驳回，我也应该接受。

这时，只是这时，我才可以说有了权利，以某种方式允许自己去考虑第二种假设：我获得特赦。苦恼的是，这需要使我的血液和肉体的冲动不那么强烈，不因疯狂的快乐而使我双眼发花。我得竭力压制住喊叫，使自己变得理智。在这一假设中我还得表现得较为正常，这样才能使自己更能接受第一种假设。在我成功的时候，我就赢得了一个钟头的安宁。这毕竟也是不简单的啊。

也是在一个这样的时刻，我又一次拒绝接待神甫。我正躺着，天空里某种金黄的色彩使人想到黄昏临近了。我刚刚放弃了我的上诉，并感到血液在周身正常地流动。我不需要见神甫。很久以来，我第一次想到了玛丽。她已经很多天没给我写信了。那天晚上，我反复思索，心想她给一名死囚当情妇可能已经当烦了。我也想到她也许病了或死了。这也是合乎情理的。既然在我们现已分开的肉体之外已没有任何东西联系着我们，已没有任何东西使我们彼此想念，我怎么能够知道呢？再说，就是从这个时候起，我对玛丽的回忆也变得无动于衷了。她死了，我也就不再关心她了。我认为这是正常的，因为我很清楚，我死了，别人也就把我忘了。他们跟我没有关系了。我甚至不能说这样想是冷酷无情的。

恰在这时，神甫进来了。我看见他之后，轻微地颤抖了一下。他看出来了，对我说不要害怕。我对他说，平时他都是在另外一个时候到来。他说这是一次完全友好的拜访，与我的上诉毫无关系，其实他根本不知道我的上诉是怎么回事。他坐在我的床上，请我坐在他旁边。我拒绝了。不过，我觉得他的态度还是很和善的。

他坐了一会，胳膊放在膝头，低着头，看着他的手。他的手细长有力，使我想到两头灵巧的野兽。他慢慢地搓着手。他就这样坐着，一直低着头，时间那么长，有一个时候我都觉得忘了他在那儿了。

但是，他突然抬起头来，眼睛盯着我，问道："您为什么拒绝接待我？"我回答说我不信上帝。他想知道我是不是对此确有把握，我说我用不着考虑，我觉得这个问题并不重要。他于是把身子朝后一仰，靠在墙上，两手贴在大腿上。他好像不是对着我说，说他注意到有时候一个人自以为确有把握，实际上，他并没有把握。我不吭声。他看了看我，问道："您以为如何？"我回答说那是可能的。无论如何，对于什么是我真正感兴趣的事情，我可能不是确有把握，但对于什么是我不感兴趣的事情，我是确有把握的。而他对我说的事情恰恰是我所不感兴趣的。

他不看我了，依旧站在那里，问我这样说话是不是因为极度的绝望。我对他解释说我并不绝望。我只是害怕，这是很自然的。他说："那么，上帝会帮助您的。我所见过的所有情况和您相同的人最后都归附了他。"我承认那是他们的权利。那也证明他们还有时间。至于我，我不愿意人家帮助我，我也恰恰没有时间去对我不感兴趣的事情再产生兴趣。

这时，他气得两手发抖，但是，他很快挺直了身子，顺了顺袍子上的褶皱。顺完了之后，他称我为"朋友"，对我说，他这样对我说话，并不是因为我是个被判死刑的人；他认为，我们大家都是被判了死刑的人。但是我打断了他，对他说这不是一码事，再说，无论如何，他的话也不能安慰我。他同意我的看法："当然了。不过，您今天不死，以后也是要死的。那时就会遇到同样的问题。您将怎样接受这个考验呢？"我回答说我接受它和现在接受它一模一样。

听到这句话，他站了起来，两眼直盯着我的眼睛。这套把戏我很熟悉。我常和艾玛努埃尔和赛莱斯特这样闹着玩，一般地说，他们最后都移开了目光。神甫也很熟悉这套把戏，我立刻就明白了，因为他的目光直盯着不动。他的声音也不发抖，对我说："您就不怀着希望了吗？您就这样一边活着一边想着您将整个儿地死去吗？"我回答道："是的。"

于是，他低下了头，又坐下了。他说他怜悯我。他认为一个人要真是这样的话，那是不能忍受的。而我，我只是感到他开始令我生厌了。我转过身去，走到小窗口底下。我用肩膀靠着墙。他又开始问我了，我有一搭没一搭地听着。他的声音不安而急迫。我知道他是动了感情了，就听得认真些了。

他说他确信我的上诉会被接受，但是我背负着一桩我应该摆脱的罪孽。据他说，人类的正义不算什么，上帝的正义才是一切。我说正是前者判了我死刑。他说它并未因此而洗刷掉我的罪孽。我对他说我不知道什么是罪孽。人家只告诉我我是个犯人。我是个犯人，我就付出代价，除此之外，不能再对我要求更多的东西了。这时，他又站了起来，我想在这间如此狭窄的囚室里，他要想活动活动，也只能如此，要么坐下去，要么站起来，实在没有别的办法。

我的眼睛盯着地。他朝我走了一步，站住，好像不敢再向前一样。"您错了，我的儿子，"他对我说，"我们可以向您要求更多的东西。我们将向您提出这样的要求，也许。""要求什么？""要求您看。""看什么？"

教士四下里望了望，我突然发现他的声音疲惫不堪。他回答我说："所有这些石头都显示出痛苦，这我知道。我没有一次看见它们而心里不充满了忧虑。但是，说句心里话，我知道你们当中最悲惨的人就从这些乌黑的石头中看见过一张神圣的面容浮现出来。我们要求您看的，就是这张面容。"

我有些激动了。我说我看着这些石墙已经好几个月了。对它们，我比对世界上任何东西、任何人都更熟悉。也许，很久以前，我曾在那上面寻找过一张面容。但是那张面容有着太阳的色彩和欲望的火焰，那是玛丽的面容。我白费力气，没有找到。现在完了。反正，从这些水淋淋的石头里，我没看见有什么东西浮现出来。

神甫带着某种悲哀的神情看了看我。我现在全身靠在墙上了，阳光照着我的脸。他说了句什么，我没听见，然后很快地问我是否允许他拥抱我。我说："不。"他转过身去，朝着墙走去，慢慢地把手放在墙上，轻声地说："您就这么爱这个世界吗？"我没有理他。

他就这样背对着我待了很久。他待在这里使我感到压抑，感到恼火。我正要让他走，让他别管我，他却突然转身对着我，大声说道："不，我不能相信您的话。我确信您曾经盼望过另一种生活。"我回答说那是当然，但那并不比盼望成为富人，盼望游泳游得很快，或生一张更好看的嘴来得更为重要。那都是一码事。但是他拦住了我，他想知道我如何看那另一种生活。于是，我就朝他喊道："一种我可以回忆现在这种生活的生活！"然后，我跟他说我够了。他还想跟我谈谈上帝，但是我朝他走过去，试图跟他最后再解释一回我剩下的时间不多了。我不愿意把它浪费在上帝身上。他试图改变话题，问我为什么称他为"先生"而不是"我的父亲"。这可把我惹火了，我对他说他不是我的父亲，让他当别人的父亲去吧。

他把手放在我的肩膀上，说道："不，我的儿子，我是您的父亲。只是您不能明白，因为您的心是糊涂的。我为您祈祷。"

我也不知道是为什么，好像我身上有什么东西爆裂了似的，我扯着喉咙大叫，我骂他，我叫他不要为我祈祷。我揪住他的长袍的领子，把我内心深处的话，喜怒交迸的强烈冲动，劈头盖脸地朝他发泄出来。他的神气不是那样确信无疑吗？然而，他的任何确信无疑，都抵不上一根女人的头发。他甚至连活着不活着都没有把握，因为他活着就如同死了一样。而我，我好像是两手空空。但是我对我自己有把握，对一切都有把握，比他有把握，对我的生命和那即将到来的死亡有把握。是的，我只有这一点儿把握。但是至少，我抓住了这个真理，正如这个真理抓住了我一样。我从前有理，我现在还有理，我永远有理。我曾以某种方式生活过，我也可能以另一种方式生活。我做过这件事，没有做过那件事。我干了某一件事而没有干另一件事。而以后呢？仿佛我一直等着的就是这一分钟，就是这个我将被证明无罪的黎明。什么都不重要，我很知道为什么。他也知道为什么。在我所度过的整个这段荒诞的生活里，一种阴暗的气息穿越尚未到来的岁月，从遥远的未来向我扑来，这股气息所过之处，使别人向我建议的一切都变得毫无差别，未来的生活并不比我已往的生活更真实。他人的死，对母亲的爱，与我何干？既然只有一种命运选中了我，而成千上万的幸运的人却都同他一样自称是我的兄弟，那么，他所说的上帝，他们选择的生活，他们选中的命运，又都与我何干？他懂，他懂吗？大家都幸运，世上只有幸运的人。其他人也一样，有一天也要被判死刑。被控杀人，只因在母亲下葬时没有哭而被处决，这有什么关系呢？萨拉玛诺的狗和他的老婆具有同样的价值。那个自动机器般的小女人，马松娶的巴黎女人，或者想跟我结婚的玛丽，也都是有罪的。莱蒙是不是我的朋友，赛莱斯特是不是比他更好，又有什么关系？今天，玛丽把嘴唇伸向一个新的默而索，又有什么关系？他懂吗？这个判了死刑的人，从我的未来的深处……我喊出了这一切，喊得喘不过气来。但是已经有人把神甫从我的手里抢出去，看守们威胁我。而他却劝他们不要发火，默默地看了我一阵子。他的眼里充满了泪水。他转过身去，走了。

他走了之后，我平静下来。我累极了，一下子扑到床上。我认为我是睡着了，因为我醒来的时候，发现满天星斗照在我的脸上。田野上的声音一直传到我的耳畔。夜的气味、土地的气味、海盐的气味，使我的两鬓感到清凉。这沉睡的夏夜的奇妙安静，像潮水一般浸透我的全身。这时，长夜将尽，汽笛叫了起来。它宣告有些人踏上旅途，要去一个从此和我无关痛痒的世界。很久以来，我第一次想起了妈妈。我觉得我明白了为什么她要在晚年又找了个"未婚夫"，为什么她又玩起了"重新再来"的游戏。那边，那边也一样，在一个个生命将尽的养老院周围，夜晚如同一段令人伤感的时刻。妈妈已经离死亡那么近了，该是感到了解脱，准备把一切再重新过一遍。任何人，任何人也没有权利哭她。我也是，我也感到准备好把一切再过一遍。好像这巨大的愤怒清除了我精神上的痛苦，也使我失去希望。面对着充满信息和星斗的夜，我第一次向这个世界动人的冷漠敞开了心扉。我体验到这个世界如此像我，如此友爱，我觉得我过去曾经是幸福的，我现在仍然是幸福的。为了把一切都做得完善，为了使我感到不那么孤独，我还希望处决我的那一天有很多人来观看，希望他们对我报以仇恨的喊叫声。

西绪福斯神话

献　给

帕斯卡尔·皮亚[1]

1　帕斯卡尔·皮亚（1903—1979），法国当代作家、记者、插画作家。

我的灵魂啊,勿求永生,
耗尽一切可能的领域吧。

——品达罗斯[1]

(《特尔斐竞技会颂歌之三》)

---

[1] 品达罗斯(约公元前518—前438),旧译品达,古希腊诗人。

本书论述的是一种散见于本世纪的荒诞感，严格地说，并非我们时代尚不熟悉的荒诞哲学。我首先要指出它在哪些地方得力于当代的某些思想，这是一种起码的诚实。我不想掩饰这一点，人们会看到我在整个作品中对此加以引述和评论。

到目前为止一直被当作结论的荒诞，在本论文中它却被看作出发点了，同时指出这一点是有益的。在这个意义上，可以说在我的评论中有着暂时的东西，人们不能预料到它所采取的立场。这里，人们只会看到对处于纯粹状态中的思想病所进行的描述。此刻还不曾有任何玄想、任何信仰混入。这是本书的界限和唯一的主张。

荒诞的推理

荒诞与自杀

只有一个真正严肃的哲学问题,那就是自杀。判断人值得生存与否,就是回答哲学的基本问题。其余的,如世界是否是三维的,精神是否有九个或十二个等级,都在其次。这些都是无足轻重的事。但首先必须回答。假使果然如尼采所愿,一个哲学家为了受人尊敬应该以身作则[1],那么,人们就理解了这一回答的重要性,因为它后面就是决定性的行动了。这是心灵容易感觉到的明显的事情,但是还应加以深化,使之在人们的思想里清晰起来。

假如有人问,根据什么判断某个问题比另一个问题更为紧迫,我的回答是,根据它所采取的行动。我从未见过一个人为了本体论的理由而死。伽利略掌握了一个重要的科学真理,但当这个真理使他有生命之虞的时候,他就最轻松不过地放弃了它。在某种意义上,他做对了。这个真理能值几文,连火刑使用的柴堆都不如。地球和太阳谁围绕着谁转,从根本上说是无

---

[1] 参见尼采《非现实的考虑》中的《教育者叔本华》第3章。——原编者注

关紧要的。说到底，这是一个微不足道的问题。相反，我看见许多人死了，是因为他们认为人生不值得活下去。我也看到另外一些人为了那些本应使他活下去的思想或幻想而反常地自杀了（人们称之为生的理由同时也是绝好的死的理由）。我由此断定，人生的意义是最紧迫的问题。如何回答这一问题呢？在所有的基本问题上，我指的是驱人去死的问题或者十倍地增强生之激情的问题，大概只有两种思想的方式，一种是拉帕利斯[1]的，一种是堂吉诃德的。唯有事实和抒情之间的平衡才能使我们同时得到感动和明晰。在一个既平常又哀婉动人的主题中，可以想象，深奥的、古典的论证应该让位于一种更为谦逊的精神姿态，它既出自常理，又出自同情。

人们从来只是把自杀当作一种社会现象来处理。这里正相反，问题首先在于个人的思想和自杀之间的关系。这样的一个行动如同一件伟大的作品，是在心灵的沉寂中酝酿着的。当事人并不知道。一天晚上，他开枪了，或者投水了。一个房屋管理人自杀了，一天有人对我说，他失去女儿已有五年，从那以后他变了很多，此事"毁了他"。再没有比这更确切的词了。开始想，就是开始被毁。对如此开始的阶段，社会是没有多大干系的。蛀虫存在于人的心中。应该到那儿去寻找它。这是一场死亡游戏，从清醒地面对生存发展到逃避光明，都应该跟随

---

[1] 拉帕利斯（1470—1525），法国名将。他的部下歌颂他的英勇："死前一刻钟，他依然活着。"

它，理解它。

一宗自杀有多种原因，一般来说，最明显的原因并不是最起作用的原因。人很少（但不排除假设）经过考虑而自杀。触发危机的东西几乎总是无法核实的。报纸常说"隐忧"或"不治之症"。这些解释是站得住脚的，但是应该知道自杀者的朋友那天跟他说话时的口气是否无动于衷。此君正是罪人。因为这足以加速还处于悬而未决状态的一切怨恨和厌倦[1]，使人走上绝路。

但是，如果说很难确定准确的时间、确定精神把赌注押在死亡上的细微动作，那么，看到行动本身所意味着的后果就不那么难了。在某种意义上说，如同在情节剧中一样，自杀就是招供。招供他已被生活所超越或者他并不理解生活。让我们不要在这些类比中走得太远，还是回到常用的词上来吧。那只是招认"不值得活下去了"。当然，生活从来就不是容易的事。人们不断地做出存在所要求的举动，这是出于许多原因，其中第一条就是习惯。自愿的死亡意味着承认，甚至是本能地承认这种习惯的可笑性，承认活着没有任何深刻的理由，承认每日的骚动之无理性和痛苦之无益。

究竟是什么难以估量的情感，使精神失去了其生存所必需的睡眠呢？一个能用歪理来解释的世界，还是一个熟悉的世界，但是在一个突然被剥夺了幻觉和光明的宇宙中，人就感到

---

1 我们要借此机会指出本文的相对性。自杀的确可以跟更能赢得尊敬的思考相联系。——作者原注

自己是个局外人。这种放逐无可救药，因为人被剥夺了对故乡的回忆和对乐土的希望。这种人和生活的分离，演员和布景的分离，正是荒诞感。所有健康的人都想过自杀，无须更多的解释，人们便可承认，在这种感情和对虚无的向往之间有着一种直接的联系。

本文的主题正是荒诞和自杀之间的这种关系，以及自杀在何种确定的范围内成为解决荒诞的一种手段。原则上可以确定，对一个遵守常规的人来说，他信以为真的东西应该支配他的行动。因而相信生存荒诞的人就应该以此来左右他的行为。明确地、不动虚假和悲怆感情地自问这一现实问题的结果是否要求人们尽快摆脱一种不可理解的状况，这是一种合情合理的好奇心。当然，我这里说的是那些打算和自己取得一致的人。

这个问题用明确的语言提出来，可以显得既简单而又难以解决。但是，简单的问题带来同样简单的回答，明显导致明显，这样的假设却是错误的。若是首先，把问题的措辞颠倒一下，如同人自杀或不自杀，似乎只有两种哲学的解决办法，一种是"是"，一种是"否"。那就太妙了。但是还应考虑到那个总提问却没有结论的人。这里我只略带点讥讽味道，因为他们是大多数。我也看见有些人嘴上说"否"，行动起来却好像心里想的是"是"一样。事实上，如果我接受尼采的标准[1]，他

---

[1] 参见尼采《反基督者》第 1 章《权力意志》，第 463、476 页。——原编者注

们这样想也好，那样想也好，想的的确是"是"。相反，自杀者却常常是确信生活意义的人。这种矛盾是经常的。甚至可以说，矛盾从来也没有像在相反的逻辑看来如此令人向往的时候那样尖锐。比较哲学的理论和宣扬这些理论者的行为，这是老一套了。但是必须指出，在所有拒绝给予人生一种意义的思想家中，除了属于文学的基里洛夫[1]、出自传说[2]的波勒格里诺[3]、处于假说范围之中的儒勒·勒基埃[4]之外，没有人同意他的逻辑直至否定人生。人们常常为了取笑而提到叔本华在丰盛的餐桌前赞颂自杀。此举毫无可笑之处。这种不把悲剧当回事的方式不那么严肃，但是它最终对当事人做出了判断。

面对这些矛盾和难解之处，难道应该认为在人对生活可能具有的看法和他为离弃生活所做出的举动之间没有任何联系吗？在这方面我们不要有任何夸张。在一个人对生命的依恋之中，有着比世界上任何苦难都更强大的东西。肉体的判断并不亚于精神的判断，而肉体在毁灭面前是要后退的。我们先得到活着的习惯，然后才获得思想的习惯。在我们朝着死亡一日快似一日的奔跑中，肉体始终处于领先地位。总之，这个矛盾的

---

[1] 陀思妥耶夫斯基的小说《群魔》中的一个人物。
[2] 我听说波勒格里诺的一位竞争者，一位战后的作家，写了第一本书之后便自杀，以求引起人们对他的作品的注意。他的确引起了注意，但书却被认为低劣。——作者原注
[3] 波勒格里诺是犬儒派哲学家，公元165年于奥林匹克运动会后自焚。
[4] 儒勒·勒基埃（1814—1862），法国哲学家，于海上神秘失踪。

本质存在于我称之为躲闪的东西之中，因为这种躲闪既比帕斯卡所说的移开少点什么，又比他所说的移开多点什么。致命的躲闪形成本文的第三个主题，即希望。对另一种"值得生存"的生活的希望，或对那些活着不是为了生活本身而是为了某种伟大思想，以致超越生活并使之理想化的人的欺骗，它们都给予了生活一种意义，并且也背叛了生活。

这样，什么都把问题弄得复杂了。迄今为止，人们一直在玩弄辞藻，假装相信拒绝赋予人生一种意义，势必导致宣布人生不值得过，而且这也并非徒劳。事实上，这两种判断之间并没有任何强制性的尺度。只是应该注意不要被上述的混乱、不一致和不合逻辑引入歧途。必须排除一切，直奔真正的问题。人自杀，因为人生不值得过，这无疑是一个真理，不过这真理是贫乏的，因为它是一种自明之理。然而，这种加于存在的凌辱，这种存在被投入其中的失望，是否来自存在的毫无意义呢？它的荒诞一定要求人们通过抱有希望或者付诸自杀来逃避吗？这是在排除其余一切的同时需要探究、揭示和阐明的。荒诞是否要求死亡，应该在一切思想方法和一切无私精神的作用之外，给予这个问题以优先权。差异、矛盾，以及"客观"精神总是善于引入各种问题之中的心理，在这种探索和这种激情中都没有位置。其中只需要一种没有理由的思想，即逻辑。这并不容易。合乎逻辑是轻而易举的。但把逻辑贯彻到底，这几乎是不可能的。死于自己之手的人就是这样沿着他们感情的斜坡一直滚到底的。关于自杀的思考使我有机会提出我感兴趣的唯一问题：有一个直通死亡的逻辑吗？只有在不带混乱的激情，单凭明显事实的引导，来把我在这里指明其根源的推理继续下去时，我才能知道。这就是我所谓的荒诞的推理。许多人已经开始了。我还不知道他们是否在坚持。

当卡尔·雅斯贝尔斯[1]揭示了使世界成为统一体之不可能时，他喊道："这种限制把我引向自我，在那里，我不再躲在一种我只会表现的客观的观点之后，在那里，自我和他人的存在都不再能成为我的对象了。"[2]他在许多人之后又让人想起思想已达其边缘的那些荒凉干涸的地方。在许多人之后，大概是这样吧，但有多少急于摆脱困境的人！许多人，而且还是最卑微的许多人都到达过这个思想摇摆的最后的拐弯处。他们于是放弃了他们曾经最为珍贵的生命。另一些人，他们是精神的王子，他们也放弃，但他们的自杀，却是他们的思想在其最纯粹的反抗中进行的。相反，真正的努力在于尽可能地坚持，在于仔细考察这遥远国度的怪异的草木。持久性和洞察力是这场荒诞、希望和死亡相互辩驳、不合人情的游戏中享有特权的观众。这种舞蹈既是基本的，又是细腻的，精神可以先分析其形象，然后再阐明之，并且再次亲身体验之。

---

[1] 卡尔·雅斯贝尔斯（1883—1969），德国存在主义哲学家。

[2] 语出海德格尔《存在的哲学》，转引自雅娜·海尔什《哲学的幻想》，阿尔康版，1963年，第157页。——原编者注

荒 诞 的 墙

像伟大的作品一样，深刻的感情总是包含着比它有意识表达的更多的意义。在行动和思想的习惯中，到处都存在着心灵中的运动或排斥的恒定，并且，它在心灵自己也不知道的后果之中继续进行下去。伟大的感情到处都带着自己的宇宙，辉煌的或悲惨的宇宙。它用激情照亮了一个排外的世界，并在其中找到了合适的气候。有一个妒忌的、有野心的、自私的或慷慨的宇宙。一个宇宙，就是一种玄想和一种精神姿态。对于已经专门化的感情来说是真实的东西，对于作为其基础的不明确的激动之情来说就更是真实的了，这种激动如同美给予我们的，或者荒诞所引起的一样，既模糊又"确定"，既遥远又"现实"。

荒诞感可以在随便哪条街的拐弯处打在随便哪个人的脸上。它就是这样，赤裸得令人懊恼，明亮却没有光芒，它是难得有把握的。然而，这种困难本身就值得思索。这很可能是真的：一个人对我们来说永远是陌生的，他身上总是有某种我们抓不住的、不可制服的东西。但**实际**上，我认识一些人，我通过他们的行为、他们全部的行动、他们的生活经历所引起的后果认出他们。同样,对所有那些分析无从下手的非理性的感觉,我**实际**上能够加以确定,加以评价,方式是将其后果纳入智力的范围、抓住并记下其面貌、勾勒其天地等。当然,我可能见过一位演员一百次,却并未因此而对他本人有更好的了解。但是,如果我把他扮演的角色集中起来,如果我说我在他演第一百个人物时对他有了略进一步的了解,人们可以感到这里面有部分的真理。因为表面上的反常现象也是一种寓言。它有一种教训。其教训是,一个人可以通过真诚的冲动显示其本色,也同样可以通过演戏显示其本色。一种更低声的口吻,一些无动于衷的感情(这些感情可以由它们激起的行动部分地、不忠实地表现出来)以及它们所意味着的精神姿态,也同样是如此。人们感到我就这样确定了一种方法。但是,人们也感到这是分析的而不是认识的方法,因为这种方法包含着玄想,这些玄想不自觉地暴露出它们有时声称还不知道的一些结论。这样,一本书的最后几页就已经体现在最初几页中了。这种交叉是不可避免的。这里确定的方法公开表明这种感觉,即全真的认识是不可能的。只有外表是可以计数的,其环境是可以感觉到的。

这种不可把握的荒诞感,我们现在也许可以在智力的、生活艺术的(或简单地说,艺术的)世界中,在不同的,然而是友爱的世界中触及。荒诞的气氛存在于开始。结局是荒诞的宇宙,是那种用自己的光照亮世界的精神姿态,它照亮这世界是为了使享有特权的、无情的面目放出光辉，而它知道如何辨认这些面目。

一切伟大的行动和一切伟大的思想都有一个可笑的开端。伟大的作品常常诞生在一条街的拐角或一家饭馆的小门厅里。荒诞也如此。与其他的世界相比，荒诞的世界更是从这种悲惨的诞生中获得它的高贵。对一个人来说，在某些场合对有关他的思想的本质的问题回答"无"可能构成一种欺骗。被爱的人很清楚这一点。但是，如果这一回答是真诚的，如果它形象地表现出这种奇特的精神状态：虚无变得雄辩，日常行动的链条被打断，心灵徒劳地寻找连接链条的环节，那么，这一回答就成了荒诞的第一个标志。

有时候布景倒塌了。起床、乘电车、在办公室或工厂里工作四小时、吃饭、乘电车、工作四小时、吃饭、睡觉，星期一二三四五六，总是一个节奏，大部分时间里都轻易地循着这条路走下去。仅仅有一天，产生了"为什么"的疑问，于是，在这种带有惊讶色彩的厌倦中，一切就开始了。"开始"，这是重要的。厌倦出现于一种机械生活的各种行动之后，但它也同时开启了意识的运动。它唤醒这运动，激起下文。而下文正是无意识地回到链条中去，或是最后的觉醒。随着时间而来的，是觉醒之余的后果：自杀或者恢复常态。厌倦本身具有某种令人厌恶的东西。我应该说在这里它是好的。因为一切都以意识开始,一切都因意识而有价值。这些看法并无任何独特之处。它们都是不言自明的:要粗略地认识荒诞的根源,眼下这也足够了。简单的忧虑乃一切之始。[1]

同样,时间支配我们,对于一种暗淡无光的生活来说,更是天天如此。但是总有些时候我们必须支配时间。我们是靠未来生活的:"明天","以后","等你混出来的时候","长大了你会明白的"。这些自相矛盾的事情是值得钦佩的,因为终于说到了死。总有那么一天,人发现或者声称他已三十岁了。他就这样确认了他的青春。但是同时,他也确定了他在时间里的位置。他有了自己的位置。他承认他处于一条曲线的某一点上,而这条曲线他已表明是要跑完的,他自身归属于时间,从这种攫住他的恐惧中,他认出了自己最凶恶的敌人。明天,他希望着明天,可他本该是拒绝的。肉体的这种反抗,就是荒诞。[2]

再低一级就到了陌生性:觉察到世界是"厚的",瞥见一块石头可以陌生到何种程度,这对我们来说是不可克服的,大自然,例如一片风景是可以多么强烈地否定我们啊。在任何美的深处,都潜藏着某种非人的东西,这些山丘,天空的柔

---

[1] 参见海德格尔《存在和时间》,转引自居尔维奇《德国哲学的当前倾向》,弗兰版,1930年,第210页。——原编者注
[2] 但这并不是就本来意义说的。问题不在于定义,而在于列举一些能够包含荒诞的感觉。列举已毕,但是荒诞并未穷尽。——作者原注

情，树木的图画，转眼间就失去了我们赋予的幻想含义，从此比失去的天堂更远了。世界最初的敌意越过数千年，又朝我们追来。我们瞬间不再理解它了，因为若干世纪中，我们只把它理解为我们事先赋予它的那些形象和图画，因为此后我们已无力再使用这种人为的方法了。我们把握不住世界了，因为它又变成了它自己。这些由习惯蒙上假面的布景又恢复了本来面目。它们离开了我们。同样，有些时候，抛开一个女人熟悉的面目，人们会把他几个月或几年以前爱过的这个女人当作陌生人，也许我们竟会渴望得到突然使我们感到如此孤独的那种东西。然而时候还未到。唯一的一件事：世界的这种厚度和这种陌生性，就是荒诞。

人也散发出非人的东西。在某些清醒的时刻，他们举动的机械面貌，他们没有意义的矫揉造作都使他们周围的一切变得愚蠢。一个人在玻璃隔墙后面打电话，人们听不见他说话，但看得见他无意义的手势：于是就想他为什么活着。这种面对人本身的非人性所感到的不适，这种面对着我们自己的形象所感到的无法估量的堕落，这种如当代一位作者[1]所说的"恶心"，也是荒诞。同样，某些时候在镜子里朝我们走来的陌生人，我们在自己的照片中看见的那个亲切然而令人不安的兄弟，仍然是荒诞。

1　指萨特。他的小说《恶心》发表于 1938 年。

我终于要说到死以及我们对它的感觉了。对此话已说尽，避免悲天悯人，这是审慎的做法。人人都活着，好像谁也"不知道"似的，对此人们的惊讶总是不够。实际上，这是因为没有死亡的经验。就本义说，只有活过并且有了意识的东西才是被体验过的。这里说的恰恰是谈论别人的死是否可能。这是一种代用品，一种精神的所见，我们对此永远不是很有把握。那种悲悲切切的习见不可能有说服力。恐惧实际上来自事件的数学方面。如果时间使我们害怕，那是因为它做了演示，解决方案随后才来。关于灵魂的漂亮演说在这里将接受九验法对其反面的检验，至少是一时的检验。耳光在这无活力的躯体上再也留不下痕迹，灵魂从中消失了。冒险的这个基本的、决定的方面构成了荒诞感的内容。在这种命运致命的照耀之下，无用出现了。在支配我们状况的血腥数学面前，任何道德、任何努力都不是先验地可辩护的。

再说一遍，这一切都已被反复地说过了。我这里仅限于迅速地整理和指出这些显而易见的主题。这些主题贯穿在一切文学和一切哲学之中，充斥在每天的谈话之中。没有必要重新发现它们。但是，应该掌握这些明显的事实，以便探讨首要的问题。再重复一遍，我感兴趣的不是荒诞的发现，而是其后果。如果人们对这些事实确信无疑，那么，应该得出什么结论呢？到什么程度才能一点不遗漏呢？应该自愿地死去还是无论如何也要存有希望呢？必须预先在智力方面进行同样迅速的清点。

精神的第一个活动是区别真伪。但是，一旦思想反映自身，它首先发现的，就是一个矛盾。在这里竭力要具有说服力是没有用的。数百年以来，没有人对此事论证得比亚里士多德更清晰、更简洁："这些观点经常受人嘲笑的后果就是它们自我毁灭。因为肯定一切皆真，我们就肯定了相反的肯定之真，因此也就肯定了我们自己的论点之伪（因为相反的肯定不容许我们的论点是真的）。而如果一个人说一切皆伪，那么这一肯定也是伪的。如果一个人宣布说只有与我们的肯定相反的肯定才是伪的，或者只有我们的肯定才不是伪的，那么，他就不得不接受无限数量的真或伪的判断。因为一个人提出一个真的肯定，他就同时也宣布这一肯定是真的，如是者至于无穷。"[1]

这只是一系列恶性循环的第一个，其中转向自身的精神在一种令人眩晕的旋转中迷失方向。这些悖论本身的简单使得它们不可克服。无论文字的游戏和逻辑的杂技如何，理解首先是统一。精神本身最深刻的愿望在其最发达的手段中，与人在他的世界面前的无意识的感觉连为一体，而人在其世界面前要求亲切，渴望着明确。对一个人来说，理解世界，就是把世界归结为人，打上他的印记。猫的世界不是食蚁兽的世界。"一切

---

[1] 这段话出自亚里士多德《形而上学》第4卷，第8章。可参阅商务印书馆1959年出版的中译本第81—82页。

思想都是人格化的"这句话没有别的意思,这是自明之理。同样,精神试图理解现实,也只能在把现实化为思想的用语时,才能认为得到了满足。如果人认识到世界也能爱也会痛苦,他的态度就会变得和顺了。如果思想在现象变化不定的镜子里发现能把现象和自身概括为唯一一种原则的永恒联系,人们就能谈精神的幸福了,而真正幸福者的神话也只不过是一种可笑的伪造品。这种对统一的怀念,这种对绝对的渴望,说明了人类悲剧的基本运动。然而,这种怀念是一个事实,这并不意味着它应该立刻得到缓和。因为如果我们跨越愿望和获取之间的深渊,和巴门尼德[1]一起肯定单一之真实(不管这单一是什么),我们就会跌进一种可笑的精神矛盾之中,这种精神肯定完全的统一,并用它的肯定本身来证明它自己的差别和它声称要消除的分歧。这另一个恶性循环足以扼杀我们的希望。

这仍然是一些明显的事实。我再次重复,它们之令人感兴趣,不在其本身,而在人们可以从中引出的后果。我知道另一个明显的事实,它告诉我人皆有死。但我们可以数得出那些从中引出极端结论的才智之士。在本论文中,应被视为永久参考的是我们以为知道的和我们实际知道的之间不变的距离,是实际的赞同和假装的无知之间不变的距离,这种无知使我们怀着一些观念生活着,若我们真正体验到这些观念的话,是会震动

---

[1] 巴门尼德(约公元前515—前5世纪中叶),古希腊哲学家。

我们整个生命的。面对精神的这种错综复杂的矛盾,我们恰恰可以完全把握使我们和我们自己的创造分开的那种分裂。只要精神在其希望的不动的世界中沉默,一切就在它怀念的统一中反映出来并排列有序。但是,这世界在其最初的运动中就开裂了,倒塌了:无数闪光的碎片呈现在认识的面前。对于重建那种使我们的心灵得到安宁的亲切平静的信用,必须不抱希望。在那么多世纪的探索之后,在思想家们那么多次认输之后,我们清楚地知道,对我们的全部认识来说,这一点是千真万确的。除了职业的唯理论者之外,今天人们已对真实的知识感到绝望。如果要写关于人类思想的唯一有意义的历史,应该写他不断悔恨和无能为力的历史。

的确,关于谁、关于什么,我能说:"我知道!"我自己的心,我能体验到,我断定它存在。这个世界,我能摸到,我也断定它存在。我的全部学问到此为止,其余都需构筑。因为如果我试图抓住我有把握的这个我,如果我试图加以确定和概括,它就成了在我指间流走的水了。我可以一个一个地画出它会呈现出的各种面貌,人们给予它的各种面貌,它的教育,出身,热情或沉默,高尚或卑劣。但是,人们并不将各种面貌相加。属于我的这颗心,我永远是确定不了的。在我对我之存在的确信和我试图给予这种确信的内容之间,鸿沟永远也填不平。我对我自己将永远是陌生的。在心理学上和在逻辑学上,有各种各样的真理,但又并无真理。苏格拉底的"认识你自己"和我们忏悔室内的"要有道德"具有同等的价值。它们流露出一种怀念，同时也流露出一种无知。这是关于一些巨大主题的一些没有结果的游戏。这些游戏只在近似确切的情况下才是合乎情理的。

这里是一些树，我知道它们的粗糙、水分，我闻到它们的气味。夜，心情轻松的某些晚上，草的香味，星的香味，我怎么能否认这个我体验到生机和力量的世界呢？但是，关于这片土地的全部知识并没有给我什么东西，能够使我确信这个世界是属于我的。你们为我描绘这世界，教我如何安排它。你们历数它的法则，我由于渴求知识而同意这些法则是真实的。你们分解它的机制，我的希望增加了。最后，你们告诉我，这神奇多彩的宇宙归结为原子，而原子又归结为电子。这一切都很好，我等着你们继续下去。但是，你们跟我谈到一个看不见的行星般的系统，其中电子围绕一个核运动。你们用一种形象向我解释这个世界。我于是承认你们达到了诗的高度：我永远也认识不到。难道我来得及生气吗？你们已经改变了理论。这样，这种应该教会我一切的科学就在假说中结束了，这种清醒在隐喻中沉没了，这种不确实变化为艺术作品了。我有必要付出这么大的努力吗？这些山丘的柔和轮廓，夜晚放在这颗不平静的心上的手，教给我多得多的东西。我又回到了我开始的地方。我知道了，如果我能够通过科学把握现象并一一列举出来，我却并不能因此而理解这个世界。我若能用手指摸遍它所有的凸起，我也并不能知道得更多。你们让我在一种描写和一些假说之间进行选择，描写是可靠的，但它不能教给我任何东西，假说声称教育我，却一点儿也不可靠。我对我自己和这个世界是陌生的，我唯一的帮助是一种思想，这种思想一旦肯定什么就否定了自己。我只有拒绝知道和生存才能得到平静，获取的渴望碰到藐视它进攻的墙壁；这是一种什么样的状况？抱有希望，就是激起反常的现象。一切都安排妥当，以便产生出一种被毒化的平静，这种平静是无忧无虑、心灵的睡眠或致命的放弃带来的。

智力也以它的方式告诉我这世界是荒诞的。它的反面是盲目的理性，徒劳地声称一切都是明确的，我一直等待着证据，并希望它有道理。尽管有那么多自命不凡的时代，那么多雄辩而有说服力的人，我依然知道这是错误的。至少在这方面，是绝没有幸福的，除非我不知道。这种普遍的理性，实践的或精神的理性，这种决定论，这些解释一切的范畴，都有令正直的人发笑的东西。它们与精神毫无关系。它们否认它深刻的真理，这真理就是受束缚。在这个难以理解的、有限的世界中，人的命运从此获得了意义。一大群非理性的人站了起来，包围了它，直到终了。在他们恢复了的、现在又相互协调了的明智中，荒诞感清晰了、明确了。我刚才说世界是荒诞的，我是操之过急了。世界本身是不可理喻的，这就是人们所能说的。然而这种非理性和这种明确的强烈愿望之间的对立，却是荒诞的，强烈愿望的呼唤则响彻人的最深处。荒诞既取决于人，也取决于世界。目前它是两者之间唯一的联系。它把它们连在一起，正如只有仇恨才能把人连在一起一样。在这个我进行冒险的没有尺度的世界中，我能够清楚地辨认出来的东西就是这些了。这里我们且停一停。如果我把这种支配着我和生活的关系的荒诞当作是真实的，如果我充满了这种在世界面前攫住我的情感，充满了对于一种知识的追求使我必须具备的这种明智，那么，我就应为了这些确实的东西而牺牲一切，我就应该正视它们，以便掌握它们。我尤其应该据此调整我的行为，并且不管产生什么后果都跟随着它们。我这里说的是实话。但是，我想事先知道思想能否在这些荒漠中生存。

我已经知道思想至少已进入这些荒漠。它在那儿找到了它的面包。它明白了它在此之前一直以幻想为生。它向人类思索的几个最紧迫的主题提供了机会。

自从荒诞被承认以来，它就是一种激情，最令人心碎的激情。但是，全部问题在于知道人能否以激情为生，人能否接受其深刻的法则，这法则是焚毁这颗同时被激情激励着的心。不过，这还不是我们将要提出的法则。它处于这种经验的中心。我们有时间再谈。我们还是先承认生自荒漠的这些主题和冲动吧。——列举出来就够了。这些东西今天也是尽人皆知的了。

总是有人来保卫非理性的权利。有一种东西人们可以称为谦卑思想，其传统一直存在着。对理性主义的批评已进行过多次，以至于似乎不必再进行了。但是，我们的时代产生了那些反常的体系，它们千方百计地要绊倒理性，好像它果真一直在往前走似的。不过，证明理性的效能，和证明理性的希望多么强烈，两者不可同日而语。就历史方面而言，两种态度的永存说明了人基本的激情，而这人是介于他对统一的呼唤和他对包围着他的墙的清晰认识之间，被撕扯着的。

但是，也许没有哪一个时代比我们的时代对理性的攻击更为猛烈。查拉图斯特拉[1]大声呐喊："偶然，这是世界上最古老的贵族。当我说没有任何永恒的意志愿意高踞其上的时候，我就把它还给了万事万物。"克尔恺郭尔[2]身罹致命的疾病，"这病通向死亡，死亡之后一无所有"[3]，此后，荒诞思想方面的意味深长的、令人痛苦的主题就层出不穷。至少非理性思想和宗教思想的主题是如此，而这"至少"二字是至关重要的，从雅斯贝尔斯到海德格尔，从克尔恺郭尔到舍斯托夫，从现象学家到舍勒[4]，在逻辑方面和道德方面，整整一个精神家族，由乡愁

---

[1] 查拉图斯特拉是公元前6世纪伊朗的预言家和宗教改革者。下面这段话出自尼采所著《查拉图斯特拉如是说》一书，略有删节。

[2] 克尔恺郭尔（1813—1855），丹麦哲学家、神学家。

[3] 见克尔恺郭尔《论绝望》，伽利玛版，1932年，第70页。——原编者注

[4] 舍勒（1874—1928），德国哲学家，现象学家，与胡塞尔齐名。

而亲近，由方法或目的而相仇，热衷于阻挡理性的庄严大道，热衷于重新找到真理的正确道路。这里我假定这些思想已被熟知和体验。无论他们的野心是或已经是什么，他们都是从这个难以描述的，由矛盾、悖论、焦虑或无能统治着的宇宙出发。他们所共有的恰恰是人们迄今为止所发现的主题。对他们而言，应该说重要的是他们从这些发现中得出的结论。越是分别考察，就越是重要。但是目前只是涉及他们的发现以及他们最初的体验。只是涉及如何观察他们之间的协调。如果试图谈论他们的哲学是傲慢的话，使他们共有的环境为人所感则是可能的，起码是足够的。

海德格尔冷静地看待人性的条件，宣布这种存在让人感到耻辱。唯一的真实，是对于存在的全部层级的"忧虑"。对于迷失在世界中的人及其消遣来说，这种忧虑乃是一种短暂的、迅速消失的恐惧。当这种恐惧意识到自己，就会变成忧虑，成为清醒的人的一种永久氛围，在这个清醒的人身上"存在又重新出现了"。这位哲学教授毫不颤抖地、用世上最抽象的语言写道："人的存在之确定的、有限的特性比人本身更重要。"他对康德感兴趣，但只是为了发现他的"纯粹理性"的有限性。这是为了根据他的分析可以做出"世界什么也不能提供给焦虑的人"的结论。在他看来，这种忧虑实际上已经超过了他所考虑和谈论的推理之范畴。他列举了这种推理的各种面貌：普通人试图拉平它和缓解它时感到的厌倦，精神注视死亡时所感到的恐惧。他再也不能将意识和荒诞分割开来了。对死亡的意识乃是呼唤忧虑，"存在以意识为中介发出自己的呼唤"。意识是焦虑的声音本身，它命令存在"从迷失中回到默默无闻中来"。他也如此，不应该睡觉，应该熬夜到结束。他坚守在这个荒诞的世界上，突出其不持久的特性。他在废墟中寻找道路。

雅斯贝尔斯对所有的本体论感到绝望，因为他想使我们丢掉"天真"。他知道我们无能为力，从而超越表象的死亡游戏。他知道精神的结局是失败。他逗留在历史提供给我们的精神历险的沿途，无情地发现每个体系的漏洞，发现拯救一切的幻想以及不隐藏任何东西的说教。在这个认识不可能已被证明的荒芜的世界上，虚无似乎是唯一的真实、无可救药的绝望和唯一的姿态，他试图发现通向神圣的秘密的阿里阿德涅之线。

舍斯托夫则通过一系列令人赞叹的单调作品不断地走向同样的真实，不停地证明最严密的体系、最普遍的唯理论总要碰到人类思想的非理性。任何非反讽的事实、贬低理性的可笑的矛盾都逃不过他。唯一使他感兴趣的事情乃是例外，无论是内心的历史，还是精神的历史。通过陀思妥耶夫斯基的死刑犯的经验，尼采精神的激化历险，哈姆雷特的诅咒或易卜生尖刻的精英，他发现、阐明并赞美了人类对不可挽回之事的反抗。他提出了拒绝理性的各种理由，在这片没有色彩的荒原上开始迈开了步伐,在这片荒原上,一切确实的东西都变成了石头。[1]

这些人中最吸引人的也许是克尔恺郭尔,至少他的部分存在比发现荒诞还进了一步,他还体验了荒诞。一个人写过"最可靠的缄默不是不说话,而是说话"[2]这样的话,他首先要确信任何真理都不是绝对的,都不能使一种本身即不可能的存在变得令人满意。他是认识的唐璜[3],用过不少笔名,制造了不少矛盾,同时写过《布道词》,以及《诱惑者的日记》这本犬儒主义唯灵论的教科书。他拒绝安慰、道德、一切安宁的原则。他感觉到心中有的那根刺[4],他不是注意平复其痛苦。相反,他唤醒那痛苦,还在愿意受难的受难者那种绝望的快乐中,一点一点地制造清醒、拒绝、喜剧等一系列魔鬼附身者。[5]这张既温柔又冷笑的面孔,这些伴随着发自灵魂深处的喊叫的旋转,就是和超越它的现实交锋的荒诞精神本身。导致克尔恺郭尔做出那些代价高昂的丑事的精神冒险也是在一种乱七八糟的经验中开始的,这种经验失去了布景,回到了最初的无条理状态。

在另一方面,即在方法方面,胡塞尔和现象学家们凭借其夸张在多样性中重建了世界,否认了理性的超验的能力。由于

---

[1] 参见舍斯托夫《钥匙的权力》法译本,七星义库版,1928年。——原编者注

[2] 转引自克尔恺郭尔《论绝望》法译本译者序,第34页。——原编者注

[3] 见尼采《黎明》,第327页。——原编者注

[4] 典出《圣经·新约》之《哥林多后书》第12章:"又恐怕我因所得的启示甚大,就过于自高,所以有一根刺加在我肉体上,就是撒旦的差役,要攻击我,免得我过于自高。"

[5] 参见《论绝望》译者前言,第45页。——原编者注

他们，精神世界无法估量地获得了丰富。玫瑰花瓣、公里里程碑或人的手和爱情、欲望或万有引力定律具有同等的重要性。思想，不再是统一的了，不再是用一种伟大原则的面貌使表象变得亲切了。思想，是重新学习看，学习注意，是引导自己的意识，是像普鲁斯特那样把每一个观念、每一个形象变成一个享有特权的中心。不合常情的是，一切都享有特权了。为思想辩解的是极端的意识。为了比克尔恺郭尔或舍斯托夫的方法更实际，胡塞尔的方法一开始就否认理性的古典方法，打消希望，给予直觉和心灵以层出不穷的现象，其丰富性具有某种非人的东西。这些道路通向所有的科学，或不通向任何科学。这就是说，这里手段比目的更为重要。问题只在于"一种认识的态度"[1]，而不在于安慰。再说一遍，至少开始是如此的。

如何能不感到这些人深刻的联系？如何能不看到他们聚集在一个享有特权的、苦涩的地方[2]周围？而在这个地方，希望是没有位置的。我要求要么为我解释清楚一切，要么什么都不解释。而理性在心灵的叫喊前面是无能为力的。被这种要求唤醒的精神寻找着，只找到了矛盾和胡说八道。我不懂的东西是没有理性的。世界充满了这些非理性的东西。我不理解它的唯一含义，就它自己来说，它只不过是一种巨大的非理性而已。

---

[1] 见胡塞尔《作为严密科学的哲学》，转引自舍斯托夫《钥匙的权力》。——原编者注

[2] 参见胡塞尔《笛卡尔式的沉思》，高兰版，1931年，第4页。——原编者注

只要能说一次"这是明确的",一切就都得救了。然而这些人竞相宣布,什么都不明确,一切都乱七八糟,人只是对包围着他的墙具有明智和确切的认识。

所有这些经验都相互一致,彼此相交。走到边缘的精神应该做出判断,选择结论。自杀和回答就在这里。但是,我想颠倒探索的顺序,从智力的冒险出发,再回到日常的举动。这里提到的经验产生于应该须臾不离的荒漠。至少应该知道这些经验到达了何种田地。人努力到这种程度,就来到了非理性面前。他在自己身上感到对幸福和理性的渴望。荒诞产生于人类的呼唤和世界无理的沉默之间的对立。这是不应忘记的。应该紧紧抓住这一点,因为人生的全部后果可能从中产生。非理性、人类的怀念和从它们的会面中冒出来的荒诞,这就是一出悲剧的三个人物,而这出悲剧必然和一种存在所能够具有的全部逻辑共同结束。

哲学上的自杀

荒诞感并未因此就成了荒诞概念。荒诞感建立了荒诞概念，仅此而已。前者并未归结为后者，除非在前者对宇宙提出自己的判断那个短暂的时刻。然后它还需更进一步。它是有生命的，这就是说它应该消逝或者应该更早地引起反响。我们汇集的主题也是如此。这里仍然是，我所感兴趣的绝非那些需要以另一种形式或在另一个地方对其进行批评的作品或思想，而是发现它们的结论中的共同之处。思想也许从未如此分歧过。但是，我们承认它们在其中受到震动的那种精神景物是相同的。同样，结束了它们的旅途的喊叫也以相同的方式回响在彼此不相像的科学中间。人们感到，刚刚提到的那些思想具有一种共同的气候环境。说这种气候环境是致命的，那不啻是玩弄辞藻。在这令人窒息的天空下，生活要求人们或是走出去，或是留下来。问题在于在第一种情况下如何走出去，在第二种情况下为什么留下来。我就这样确定自杀问题和人们可以对存在哲学的结论所感到的兴趣。

我想先离开正路片刻工夫。到目前为止，我们可以从外部划出荒诞的范围。但是，人们可以考虑这个概念包含着什么明确的东西，可以试图通过直接的分析发现其含义，以及它带来的后果。

如果我指控一个无辜者犯有滔天之罪，如果我断言一个有德行的人觊觎他的亲姐妹，他会回答说这是荒诞的。这种愤慨有其滑稽的一面，但是也有其深刻的理由。有德行的人通过这种驳斥说明了在我指控他的行动和他整个一生的原则之间存在着决定性的二律背反。"这是荒诞的"，其意谓"这是不可能的"。但也是"这是矛盾的"。如果我看见一个人以白刃攻击一群持机关枪的人，我将断定他的行动是荒诞的。然而，只是从存在于他的意图和等待着他的现实之间的不成比例来看，从我可以抓住的、存在于他的实际力量和他所要达到的目的之间的矛盾来看，他才是荒诞的。同样，我们认为一个判决是荒诞的，是因为我们把它和看起来事实所要求的判决做了对比。同样，通过荒诞进行的论证是在这种推理的后果和人们想要建立的逻辑真实的比较中完成的。在所有这些情况中，从最简单的到最复杂的，我们比较的诸项间的距离越大，荒诞也就越大。有荒诞的婚姻，挑战，怨恨，沉默，战争，也有和平。对于其中的任何一种，荒诞都产生于一种比较。因此我有理由说荒诞感不产生于对一个事实或一种印象的简单考察，它从一种事实状况和某种真实、一个行动和超越它的世界之间的比较中显露出来。荒诞本质上是一种分裂。它不存在于对立的两种因素的任何一方。它产生于它们之间的对立。

从智力方面看，我可以说荒诞不在人（如果这样的比喻可以有一种意义的话），也不在世界，而在两者的共存。它暂时是联结两者的唯一纽带。假如我愿意停留在明显的事实上的话，那么我就知道人要的是什么，世界给他的是什么，而现在我可以说我知道联结他们的是什么。我无须挖掘得更深。对于探索的人来说，一件确实的东西也就足够了。问题仅在于找出一切后果。

直接的后果同时也是一种方法准则。奇异的三位一体[1]已被阐明，它绝非突然被发现的美洲新大陆。但是，它具有和经验材料共同的东西，即它同时极其简单又极其复杂。在这方面，它的第一个特点就是不可分割。破坏其中的一项，就破坏了全部。在人类精神之外，不能有荒诞。因此，像一切事物一样，荒诞也结束于死亡。然而，这个世界之外，也不能有荒诞。根据这一基本标准，我断定荒诞的概念是本质的，可以说明我的第一个真理。上面提到的方法准则在这里显露出来了。如果我断定一件事情是真的，我就应该保存它。如果我要解决一个问题，那么至少我不应该用这种解决本身去掩盖问题的某一项。对我来说，唯一的已知数是荒诞。问题是如何走出去以及应否从荒诞中推论出自杀。我探索的第一个，实际上也是唯

---

[1] 基督教中指圣父、圣子和圣灵合成一位神，谓之三位一体。

一的条件是，保存压倒我的那种东西，并因此尊重它所具有的我认为是本质的东西。这种东西我刚才定义为一种对立和一种无休止的斗争。

把这一荒诞的逻辑推到底，我应该承认这一斗争意味着完全没有希望（它与绝望毫无干系）、不断的拒绝（不应将它和放弃混为一谈）和意识到的不满足（不应将其当作青春的不安）。一切消除、掩盖或缩小这些要求的东西（首先是消除分裂的赞同）都破坏了荒诞并使人们可能建议的态度贬值。只有在人们不赞同荒诞的情况下，荒诞才有意义。

有一个纯属道德的明显事实，即一个人永远是他的真相的牺牲品。这些真相一经承认，他就摆脱不掉了。总要付出些代价。一个人意识到了荒诞，便永世与荒诞连在一起。一个没有希望并意识到没有希望的人就不再属于未来了。这是正常的。但是，他努力摆脱他所创造的那个世界，这也同样是正常的。在此之前的一切唯有在考虑到这种反常现象的情况时才是有意义的。有人从批评唯理主义出发，承认荒诞的环境，借以推行其后果。在这方面，最有教益的莫过于研究他们的方法了。

而我若坚持存在哲学，我就看到一切存在哲学无一例外地劝我逃避。通过一种奇特的推论，在理性的瓦砾堆上从荒诞出发，在一个对人是封闭的、有限的世界中，他们神化压倒他们的东西，在剥夺他们的东西中发现了希望的理由。这种勉强的希望在一切具有宗教本性的人当中都存在。它值得一谈。

我在这里仅仅分析一下舍斯托夫和克尔恺郭尔特别喜欢的几个主题，以此作为例证。达到了漫画化程度的雅斯贝尔斯将向我们提供一个这种态度的例证。其余的就将变得更清楚。人们使他无力实现超验性，不能探测经验的深度并意识到这被失败震动了的世界。他将前进或者至少将从这失败中引出后果吗？他没有带来任何新东西。他在经验中只发现了对他的无能的承认，而没有找到任何机会来引出某个令人满意的原则。然而，他不经证明就自己说了出来，他一下子同时肯定了超验性、经验的存在和人生的超人意义，写道："在一切解释和一切可能的说明之外，失败没有显示的不是虚无，而是超验性的存在。"[1] 这种存在突然地、通过人类信念的一个盲目行动解释了一切，他把它定义为"一般和特殊的难以想象的统一"[2]。这样，荒诞就变成了神（在这个词的最广泛的意义上），这种理解的无能就变成了启示一切的存在。在逻辑上，没有什么东西可引出这种推论。我可以称它为跳跃。反常的是，人们理解雅斯贝尔斯为使超验的经验不能实现而表现出的坚持和无限耐心。因为这种近似越是不可捉摸，这种定义就越是无用，而这种超验

---

[1] 见雅娜·海尔什《哲学的幻想》，第179页。——原编者注
[2] 同上。

性在他看来就越真实，因为他的解释能力和世界及经验的非理性之间存在着距离，而他肯定这一点时的激情恰恰跟这一距离成正比。这样看来，雅斯贝尔斯越是要更彻底地解释世界，就越是激烈地打破理性的偏见。这个谦卑思想的使徒将在谦卑的极端，发现使存在在其全部深刻性上再生的东西。

神秘思想使我们很熟悉这些过程。它们和任何一种精神姿态一样合乎情理。但是眼下，我的所作所为就只当我认真地对待某些问题。我并不预断这种态度的一般价值及其教诲的能力，我只想看看它是否满足了我提出的条件，它是否和我感兴趣的冲突相称。这样，我就要谈到舍斯托夫。一位评论者引述了他一段值得注意的话："唯一真正的出路恰恰是在那个对人类的判断来说没有出路的地方。否则，我们要上帝干什么？人们转向上帝只是为了获得不可能之物。至于可能之物，有人就够了。"[1]如果说存在一个舍斯托夫哲学的话，我很可以说它尽在其中矣。因为当舍斯托夫经过充满激情的分析发现了全部存在的根本的荒诞性时，他不说："这就是荒诞"，而说："这就是上帝：还是信赖他为好，即便他不符合我们的任何理性范畴。"为了不可能产生混淆，这位俄国哲学家甚至暗示上帝可能是爱记仇的和可憎的、不可理解的和自相矛盾的，但是，正是在他面目最丑恶的时候，他最充分地显示了他的威力。他的伟大在

---

[1] 见舍斯托夫《钥匙的权力》。——原编者注

于他的前后不一致。他的证据，就是他的非人性。应该扑向他，通过这一跳跃来摆脱理性的幻想。这样，对于舍斯托夫来说，接受荒诞是和荒诞本身同时的。确认荒诞，就是接受荒诞，而他的思想的一切逻辑的努力都是暴露荒诞，以便同时使它所带来的巨大希望涌现出来。[1]这种态度也仍然是合乎情理的。但是，我在这里坚持要考虑一个问题及其全部后果。我无须研究一种思想或一种信仰行为的动人之处。我有一辈子的时间去做。我知道理性主义者认为舍斯托夫的态度令人生气。但是我也感到舍斯托夫有理由反对理性主义者，而我只是想知道他是否一直忠于荒诞的戒律。

如果人们承认荒诞是希望的反面，人们就看到，对舍斯托夫来说，存在的思想必须以荒诞为前提，但是它论证荒诞只是为了消除荒诞。这种思想的微妙，恰似耍把戏者的一个动人的花招。当舍斯托夫以他的荒诞来与流行的道德和理性相对立的时候，他把它称为真理和救世。因此，在荒诞的基础和定义中是有舍斯托夫的赞同的。如果人们承认这个概念的全部力量存在于它冲撞我们的希望的方式中，如果人们感到荒诞只是要求人们不赞同它，那么，人们就清楚地看到，它失去了它的真实面目，以及它的人的、相对的性质，进入了一种既不可理解又令人满意的永恒之中。如果有荒诞的话，那是在人的世界中。

---

[1] 见舍斯托夫《钥匙的权力》，第121页。——原编者注

从它的概念变成永恒的跳板那一刻起,这个概念就不与人的清醒相连了。荒诞不再是人确认但并不赞同的那个明显的事实了。斗争被回避了。人被纳入荒诞,并在这种一致中使其本质特性消失,这本质特性就是对立、破碎和分裂。这一跃是一种逃避。舍斯托夫很愿意引述哈姆雷特的这句话:The time is out of joint[1]。他也这样怀着一种强烈的希望写下来了,说来奇怪,是可以把这种希望赋予他的。因为哈姆雷特并非这样来说这句话的,或者莎士比亚并非这样来写的。非理性的陶醉和狂喜的使命,使一种有洞察力的精神脱离了荒诞。对舍斯托夫来说,理性是徒劳的,但是理性之外还有某种东西。对一种荒诞的精神来说,理性是徒劳的,而在理性之外则一无所有。

这个跳跃起码多少更清楚地为我们阐明了荒诞的真正本质。我们知道了它只在一种平衡中才有价值,它首先在比较之中而绝不在这种比较的诸项之中。但是,舍斯托夫恰恰是把全部重量压在诸项之一上,因此破坏了平衡。我们对理解的渴望、对绝对的怀念,只有在我们恰恰是能够理解和解释许多东西的情况下才是可以解释的。绝对地否认理性是徒劳的。理性有它的范围,在这范围中它是有效的。这恰恰是人类经验的范围。这就是为什么我们想什么都弄清楚。如果我们不能,如果荒诞生于此时,那恰恰是碰上了有效但又有限的理性和不

---

[1] 英文:时代脱节了。

断再生的非理性。当舍斯托夫恼怒于这一类的黑格尔式命题："太阳系的运动按照一些不变的法则来进行，这些法则是它的原因"[1]，当他怀着全部激情打破斯宾诺莎的唯理论的时候，他正是断定了全部理性的虚荣。通过一种自然的、不合情理的反向，取得了非理性的优越性。[2]但是过渡不明显。因为这里可以有限制的概念和方面的概念介入。自然的法则在某种限度内可以是有效的，超过这个限度就会反转来对着自己而产生荒诞。或者，它们可以在描述的方面被证明合理，但并不因此而在解释的方面是真实的。这里一切都为非理性而牺牲了，由于掩盖了对明确的要求，荒诞就随着它的比较的诸项之一消失了。相反，荒诞的人并不进行这种平等化。他承认斗争，并不绝对地蔑视理性，接受非理性。这样，他的目光遍及经验的全部已知材料，他不打算在知道之前就跳跃。他只知道，在这个聚精会神的意识中，再也没有希望的位置了。

在舍斯托夫那里是明显的，也许在克尔恺郭尔那里就更明显了。当然，在一个如此不可捉摸的作者那里勾勒出明确的命题是困难的。但是，尽管有些作品表面上是针锋相对的，人们仍然在化名、花招、微笑上面感到他的全部作品中出现了对一个真理的预感（同时也是恐惧），这个真理终于在他的最后几

---

[1] 见舍斯托夫《钥匙的权力》。——原编者注

[2] 这里主要说的是反亚里士多德的特别概念。——作者原注

部作品中显露出来：克尔恺郭尔也进行了跳跃。他童年时是那样地害怕基督教，他最后又朝着它最严峻的面目走去。对他也是，二律背反和反常现象成了宗教的标准。这样，正是让人对人生的意义和深刻性产生绝望的东西，现在却把真理和明确呈现在他面前。基督教是坏表率，克尔恺郭尔坦率地要求的，是依纳爵·罗耀拉[1]要求的第三种牺牲，即上帝最喜欢者"智力的牺牲"[2]。"跳跃"的这种结果是古怪的，但不应使我们感到惊奇。他把荒诞当成另一个世界的标准，而它仅仅是这个世界的经验的一种残留物。克尔恺郭尔说："信教者在他的失败中发现了他的胜利。"[3]

我无须考虑这种态度和哪一个动人的预言相联系，我只需想想荒诞的景象及其特性是否为它辩护。在这一点上，我知道并非如此。再看一看荒诞的内容，人们就更理解启发了克尔恺郭尔的方法了。在世界的非理性和荒诞的反抗的怀念之间，他没有保持平衡。他不尊重确切地说产生了荒诞感的那种关系。他确信不能摆脱非理性，但他至少想逃避这种他觉得没有结果、没有意义的绝望的怀念。不过，如果说在这一点上，他在他的判断中可能会有道理，那他在他的否定中就不会有道理

---

[1] 依纳爵·罗耀拉（1491—1556），天主教耶稣会的创始人。

[2] 人们可以想到，我这里忽略了基本的问题，即信仰问题。但是我并不研究克尔恺郭尔或舍斯托夫，甚至胡塞尔的哲学（这需要在另外的地方，采取另外的精神姿态），我向他们借用一个主题，我研究其后果是否适合已经确定的规则。这里说的只是一种迷恋。——作者原注

[3] 参见克尔恺郭尔《祈祷词及祈祷词片段》，法文版，1937年。——原编者注

了。如果他用一种狂热的赞同取代他反抗的呼声，这就导致他无视一直启发着他的荒诞，并神化他此后所持的唯一态度，即非理性。加里亚尼神父[1]对艾比奈夫人说，重要的不是治愈，而是带着病痛活下去。[2]克尔恺郭尔想治好病。治好病，这是他狂热的意愿，一直贯穿他的全部日记。他的智力的全部努力都是为了逃避人类状况的二律背反。他越是突然间瞥见了虚荣，他的努力就越是绝望。例如，当他谈到自己时，就好像害怕上帝，虔诚都不能给他带来平静。就这样，他通过一种被歪曲的借口，赋予非理性以形象，而把不公正的、不一致的、不可理解的荒诞所具有的特性给予他的上帝。在他身上，唯有智力试图压制人心的深切要求。既然什么都未被证实，那就什么都可以被证实了。

正是克尔恺郭尔自己向我们泄露了他所遵循的道路。我这里丝毫也不想暗示，然而，在他的作品中，如何能不看到几乎有意识的灵魂上的残缺迹象呢？这种残缺是面向着荒诞所允许的残缺的。这是《日记》中的主导主题。"我所缺少的是那野兽；它也是人类命运的一部分……[3]但是，给我一个躯体吧。[4]"

---

[1] 加里亚尼神父（1728—1787），意大利外交家、经济学家和作家。他与法国贵妇艾比奈夫人互通大量信件。

[2] 见加里亚尼神父1777年2月8日信。——原编者注

[3] 见《日记》，伽利玛版，1850年5月，卷四，第42页。——原编者注

[4] 同上，第43页。——原编者注

下文说:"啊!尤其是在我幼年的时候,为了成为一个人,哪怕是六个月,[1]我什么没有做啊……实际上,我缺的正是一个躯体和存在的肉体条件。[2]"然而在别的地方,这个人把那希望的呼喊当成了自己的呼喊,那呼喊曾经穿越过多少世纪,激动过多少颗心,只是不曾激动过荒诞的人的心。"但是,对基督徒来说,死亡绝不是一切的结束,它包含着无限的希望,对我们来说,这是生活,哪怕是一种洋溢着健康和力量的生活也难以包含的。"[3]通过坏表率获得的复归仍然是复归。人们看到,它也许可以使人从其反面,即死亡中引出希望。但是,即使同情使人偏向这种态度,也应该指出超出限度证明不了什么。有人说这超过了人类的尺度,因此这是超人的。但是"因此"二字是多余的。这里绝没有逻辑的可靠性。也绝没有实验的盖然性。我所能说的,就是这实际上超过了我的尺度。如果我不从中引出一种否定,至少我也不愿在不可理解之上建立什么。我想知道我能否依靠并仅仅依靠我之所知活着。人们还对我说,在这里智力应该牺牲它的骄傲,理性应该低头。但是,如果我承认理性的局限,我也并不因此而否认它,我承认它的相对力量。我只想站在这条中间的道路上,其中智力可以是清楚的。如果这就是它的骄傲,我看不出有足够的理由放弃它,例如,克尔

---

1 见《日记》,伽利玛版,1849年9月,卷三,第217页。——原编者注

2 同上,1847年6月,卷二,第131页。——原编者注

3 见克尔恺郭尔《论绝望》,第55页。——原编者注

恺郭尔的眼光再深刻不过，据他看，绝望不是一件事实，而是一种状态：罪孽的状态本身。[1]因为罪孽就是离开上帝。荒诞是有意识的人的形而上状态，不通向上帝[2]。也许这个概念可以被阐明，如果我贸然说出这一骇人听闻的话：荒诞，就是没有上帝的罪孽。

这种荒诞的状态，问题在于生活在其中。我知道它们是建立在什么之上，这种精神和这个世界，它们互相用力支撑着却不能拥抱。我询问生活的准则，人们提供给我的却忽略了它的根据，否认了痛苦的对立的诸项中的一项，迫使我放弃。我询问我所承认的条件带来的后果，我知道这条件意味着黑暗和无知。而人们向我保证说这无知能解释一切，这黑夜就是我的光明。但是，人们这里并未满足我的意向，这种激动人心的抒情也不能在我面前掩盖住反常现象。所以应该改变方向。克尔恺郭尔可以大喊、警告："如果人没有永恒的意识，如果在任何事物的深处只有一种野蛮混乱的力量，在黑暗的情欲的旋风中产生着万事万物，伟大的和渺小的，如果事物背后隐藏着用什么也不能填满的无底的虚无，那么人生如若不是绝望又能是什么？"这喊叫并不能阻挡荒诞的人。寻找真实的东西并不就是寻找所希望的东西。如果为了摆脱这一苦恼的问题："人生究

---

[1] 见《论绝望》序言，第31页。——原编者注
[2] 我没有说"排除上帝"，这仍然是肯定。——作者原注

竟是什么？"就得像驴子以幻想的玫瑰花为生，而不是屈从于谎言，那么荒诞的精神更愿意毫不颤抖地接受克尔恺郭尔的回答："绝望。"一切都细加斟酌，一个下定决心的灵魂总会想出办法的。

我随意在这里把哲学上的自杀称为存在的态度。然而这并不包含一种判断。要指明一种思想借以自我否定并在导致其否定的东西中趋向自我超越的那种运动，这是一种便当的方式。对于存在者来说，否定是他们的上帝。这上帝恰恰只是靠人类理性的否定支持下去。[1]但如同自杀一样，神也随着人而变化。有好几种跳跃的方式，本质是跳跃。这些救世的否定，这些否认人们尚未跳过的障碍的最终矛盾既可以产生于理性的范围，也同样可以产生于（这一推论对准的正是反常现象）某种宗教的启示。它们总是追求永恒，正是在这一点上它们采取断然行动。

还应指出，本文所进行的论证完全撇开我们这个有教养的时代流布最广的精神态度，这种态度依据的原则是一切都是理性的，并力求解释世界。当人们承认世界应该是明确的，那就要给予一个明确的看法，这是很自然的。这甚至是合乎情理

---

[1] 再次明确一下：这不是对上帝的肯定在这里成了问题，这是逻辑使然。——作者原注

的，但我们这里进行的论证对它不感兴趣。实际上，它的目的在于启示精神上的手段，这种精神从一种关于世界的无意义的哲学出发，最后发现世界的某种意义和深度。这些方法中最动人的一种具有宗教的本质，它在非理性的主题中得到阐明。但是最反常、最意味深长的却是另一种方法，这种方法把爱说理的理由给予一个它首先想象为没有主导原则的世界。无论如何，不对新获得的怀念思想提出一个概念，人们是不能得到我们感兴趣的后果的。

我将只研究胡塞尔和现象学家使之成为时髦的"意向"这一主题。在此之前已有过暗示。首先胡塞尔的方法否认理性的传统手段。我们且重复一下。思想，不是统一，不是用一种伟大原则的面貌使表象变得亲切。思想，是重新学习看，重新学习引导自己的意识，把每一个形象变成特权的场所。换句话说，现象学拒绝解释世界，它愿意只成为实际经验的一种描述。它首先肯定没有真理，只有一些真理，它在这里与荒诞思想相通。从晚风到我肩上的这只手，每一种东西都有自己的真理。那是意识通过给予真理的注意阐明了它。意识并不形成它的认识对象，它只是固定，它是注意的行为，用柏格森的形象[1]来说，它就像放映机，一下子就固定在一个形象上。所不同的是它没有脚本，但有相接却不连贯的画面。在这神灯的照

---

[1] 见柏格森《物质与记忆》，第1章。——原编者注

耀下，所有的形象都享有特权。意识使它的注意对象在经验中处于中止状态。它通过它的奇迹使它们分离出来。它们从此处于一切判断之处。正是这种"意向"确定了意识的特点。但是词语并不意味着任何必然的概念；它是在它的"方向"这种意义上被使用的：它只具有地形学的价值。

乍一看，似乎没有什么东西与荒诞的精神背道而驰。这种只限于描述它拒绝解释东西的思想上的表面谦逊，这种反常地使经验极其丰富，使世界在烦琐中再生的坚决纪律，都是荒诞的手段。至少乍看是如此。因为在这种情况和其他情况下，思想的方法总是具有两种面貌，一种是心理的，一种是形而上的。[1] 这些方法因此而包含着两种真理。如果意向性这一主题只是想阐明一种心理的态度，而现实不是被这种态度解释，而是被它耗尽，那么，就没有任何东西把这主题和荒诞的精神分开。它试图列举出它不能超越的东西。它只是肯定，在缺乏任何统一的原则的情况下，思想仍然能够在描述和理解经验的每一种面貌之中发现快乐。对于每一种面貌来说，这里所说的真理是属于心理的范围的。这真理只是证实真实可能提供的"利益"。这是一种唤醒一个沉睡的世界，并使它在精神上活跃起来的方式。但是，如果人们想扩大并合理地建立这种真理的概念，如果人们企图这样来发现每一认识对象的"本质"，人们

---

[1] 甚至最严格的认识论也以玄想为前提，而且到了这种程度：当代大部分思想家的玄学在于只有一种认识论。——作者原注

就恢复了经验的深刻性。对于荒诞的精神来说,这是不可理解的。然而,在有意向的态度中由谦逊转向自信的摆动是明显的,而现象学思想的这种闪烁将比任何其他东西都更好地阐明荒诞的论证。

因为胡塞尔也谈论意向所揭示的"超时间的本质",人们以为是在听柏拉图说话。人们不是用一件事物解释所有的事物,而是用所有的事物解释所有的事物。我看不出有什么区别。当然,这些观念或本质是意识在其描述结束时"实现"的,但人们还不愿意它们成为完美的样板。然而,人们肯定它们直接地呈现在知性的全部材料中。[1] 再也没有解释一切的唯一观念了,但是有给予无限的对象一种意义的无限本质。世界静止了,但是也被阐明了。柏拉图的现实主义变成了直觉的,然而仍然是现实主义。克尔恺郭尔沉浸在他的上帝之中,巴门尼德把思想推入单一之中。但在这里,思想投入一种抽象的多神论之中。更有甚者,幻觉和想象也成了"超时间的本质"的一部分。在观念的新世界中,肯陶洛斯[2] 和更为谦逊的大主教们合作了。

对于荒诞的人来说,在世界的各种面目都是享有特权的这种纯粹心理学的看法中,是同时有一种真理和一种辛酸的。一

---

[1] 参见居尔维奇《德国哲学的当前倾向》,第19页。——原编者注
[2] 希腊神话中的半人半马怪物,有些与神和人为敌,有些则与神和人为友。

切都享有特权就等于说一切都是相同的。但是这种真理的形而上的面貌使他感到也许更接近柏拉图。的确，人们教导他说，任何形象都以一种同样地享有特权的本质为前提。在这个没有等级的理想世界中，形式的军队只由将军组成。超验性大概是被取消了。但是，思想的一个急转弯又把某种不完全的内在性再度引进世界中，这种内在性恢复了宇宙的深刻性。

我应该害怕把一个其创造者更谨慎地处理的主题推进得太远了吗？我只是读过胡塞尔的这些断言："真者本身是绝对的真；真理是单一的；与其本身是一致的，不管感知者是什么，人、怪物、天使或神。"[1]这看起来是悖论，但如果人们接受如上所述，就会感到它的严密的逻辑。理性通过这个声音四处张扬，受到喝彩，我不能否认这一点。但是他的断言在荒诞的世界中能够意味着什么？一位天使或一位神的感知对我没有意义。在这个轨迹上，神的理性认可了我的理性，而我始终不能理解这个轨迹。这里我发现了一次跳跃，由于这跳跃是在抽象中进行的，对我来说，它就更加意味着我要忘掉我恰恰不愿忘掉的东西。胡塞尔又喊道："即使受制于引力的全部质量都消失了，引力定律也并未被推翻，只不过是它不可能被应用罢了。"[2]这时，我知道我面对着的是一种慰藉的玄学。而如果我

---

[1] 见胡塞尔《逻辑研究》，第一卷，转引自舍斯托夫《钥匙的权力》，第329页。——原编者注
[2] 同上，转引自舍斯托夫《钥匙的权力》，第346页。——原编者注

想发现思想在何处转弯离开了明显的事实这条道路，我只需重读胡塞尔谈及精神时所进行的那个平行的论证："如果我们能够清楚地观照精神过程的确切法则，这些法则将同样显得是永恒的、不变的，如同理论自然科学的法则一样。所以，如果没有任何精神过程的话，它们仍然是有效的。"[1]即便精神不存在，其法则仍然存在！于是我明白了，胡塞尔企图把一种心理的真实作为一种理性的准则：他在否认了人类理性的容纳能力之后，通过这一渠道跃入永恒的理性之中。

因此，"具体宇宙"[2]这一胡塞尔的主题就不能使我感到惊讶了。对我来说本质不都是形式的，其中有物质的，第一种是逻辑的对象，第二种是科学的对象，这只是一个定义的问题。有人向我保证，抽象仅仅指明了一个具体宇宙的一个本身非稳定的部分。但是，已被揭示的摆动使我能够说明这些用语的含糊。因为这可以说我的注意的具体对象，这天空，这水在这大衣角上的反光，它们为自己保留着我的兴趣从世界中分离出来的现实的幻象。这我不否认。但这也可以说这大衣本身就是一般的，有其特殊的、充分的本质，属于形式世界。于是我知道人们只是改变了队伍的顺序。这世界在一个更高的宇宙中不再有它的映象了，但是形式的天空出现在这片土地的形象群中。

---

[1] 见胡塞尔《逻辑研究》，第一卷，转引自舍斯托夫《钥匙的权力》，第392页。——原编者注
[2] 参见居尔维奇《德国哲学的当前倾向》，第25页和第28页。——原编者注

对我来说，这丝毫也没有改变什么。我这里发现的绝不是对具体的爱好和人类状况的意义，而是一种放纵到足以使具体本身普遍化的理智主义。

这种表面的反常现象使思想经由谦卑的理性和得意的理性这两条相反的道路走向各自的否定，对此感到惊讶是徒劳无益的。从胡塞尔的抽象的上帝到克尔恺郭尔的闪光的上帝，距离并没有如此之大。理性和非理性通向同一个说教。实际上，道路并不重要，有到达的意志就什么都够了。抽象的哲学家和宗教的哲学家从同一种不安中出发，在同一种焦虑中相互支持。但是最重要的是解释。在这里怀念比科学更强大。意味深长的是，当代的思想最相信主张世界的无意义这种哲学，同时又在其结论中最感到痛苦。它不断地摇摆在现实的极端理性化和极端非理性化之间，这种理性化使现实分割成理性典范，而这种非理性化又使之神化。然而这种分裂只是表面的。问题在于和解，在这两种情况下，跳跃也都足够了。人们总是错误地认为理性的概念是单向的。事实上，不管它在其野心中是多么严格，这种观念并不因此而不和别的观念同样灵活。理性有着完全人类的面目，但它也是朝着神的。普洛丁第一个知道如何把它与永恒的环境调和一致，从此它就学会了离开它最珍贵的原则，即矛盾，以便容纳介入这个最奇特，也是十分神奇的原则。它成了一种思想的工具,而不是思想本身了。一个人的思想首先是他的怀念。[1]

理性能够平复普洛丁的忧郁,它也把手段给予现代的焦虑,使其在永恒的熟悉的背景中得到平息。荒诞的精神运气不那么好。对它来说,世界没有那么合理,也没有非理性到那种程度。它是不可理喻的,仅此而已。在胡塞尔那里,理性变得毫无限制。相反,荒诞却确定了它的界限,因为它无力平复它的焦虑。克尔恺郭尔从另一个方面肯定,只要有一个界限就足以否认理性。但是荒诞走不了这么远。对它来说,这个界限只对准着理性的野心。存在哲学家们设想的非理性主题就是变得混乱和自我解脱自我否定的理性。荒诞,就是确认自己界限的清醒理性。

正是在这条艰难的道路的尽头,荒诞的人认出了他的真正的理性。通过比较他深刻的要求和人们建议给他的东西,他突然感到他要改变方向了。在胡塞尔的宇宙中,世界变得清楚了,人耿耿于怀的那种对熟悉的渴望变得没有用了。克尔恺郭尔在论末世的著作中不得不放弃这种对于清楚的愿望,假如它想得到满足的话。知道(据此,人人都是无辜的)和想知道,其罪孽是不一样的。这恰恰是荒诞的人可以感觉到的唯一罪

---

[1] A. 当时,理性要么适应,要么死亡,它适应了。普洛丁使它从逻辑的变为美学的。比喻取代了三段论。
B. 不过,这并不是普洛丁对现象学的唯一贡献。整个这种态度已包含在亚历山大的思想家十分珍爱的观念之中了,以至于不但有一种人的观念,而且有一种苏格拉底的观念。——作者原注

孽，他将它当作他的罪过，同时也当作他的无辜。人们建议给他一种结局，即以往的一切矛盾都不过是些论战的把戏罢了。但是，他并没有这样感觉过。应该保留它们的真实性，即永远得不到满足。他不愿接受说教。

我的论证想要忠于由此而受启发的那一明显的事实。这明显的事实就是荒诞。就是希望着的精神和使之失望的世界之间的那种分裂，就是我对统一的怀念，就是那个分散的宇宙以及联结上述一切的矛盾。克尔恺郭尔取消了我的怀念，而胡塞尔则聚拢了这宇宙。我等待的并不是这些。问题在于和这些分裂共同活着和思考，在于知道应该接受还是应该拒绝。不可能掩盖明显的事实，不可能通过否定荒诞方程中的某一项来取消荒诞。应该知道人能否体验荒诞，或者逻辑是否要求人因荒诞而死。我对哲学上的自杀不感兴趣，我感兴趣的就是自杀。我只想从自杀的感情内容中把它清除出去，认识它的逻辑和它的诚实。对于荒诞的精神来说，任何别的态度都意味着回避和在精神所揭示的东西面前退却。胡塞尔说要摆脱"在某种已为人熟知的、方便的条件下生活和思想的积习"，但是，最后的跳跃在他那里为我们恢复了永恒和舒适。跳跃并未如克尔恺郭尔所愿的那样表示出一种极大的危险。相反，危险存在于跳跃之前的那个微妙时刻。能够站立在这令人眩晕的山脊上[1]，这就是诚

---

[1] 参见胡塞尔《笛卡尔式的沉思》引言部分。——原编者注

实，其余的都是托词。我也知道无能力从来也不足以引起过如克尔恺郭尔那样动人的和谐。但是，如果说无能力在历史无动于衷的景物中有它的位置，它却不能在一种论证中找到，人们现在知道了这种论证的严格性。

荒诞的自由

现在主要的事已定。我掌握着几个我不能松手的明显的事实。我知道的、可靠的、我不能否认的、我不能丢弃的，这些才算数。我完全可以否定我那靠不明确的怀念为生的自我的部分，但对统一的愿望、对解决的渴望、对明确和一致的要求除外。在这个包围着我、冲撞着我、使我激动的世界中，我可以驳斥一切，除了混沌、偶然之王和产生于混乱的神圣的等值。我不知道这世界是否有一种超越它的意义。但是我知道我不认识这意义，目前我也不可能认识它。对我来说，一种超越我的环境的含义意味着什么？我只能以人的术语来理解。我捉摸到的、抵抗着我的、我理解的就是这些。这两种可靠的东西，即我对绝对和统一的渴望，以及这个世界对一种理性的、合理的原则的不可还原性，我知道我不能使两者和解。除了让一种我并没有而且在我的环境条件下也毫无意义的希望起作用外，我能承认什么其他的真理呢？

假如我是树中的一棵树，动物中的一只猫，这人生可能会有一种意义，或者更确切地说，这个问题可能没有意义，因为我是这个世界的一部分。我可能会属于这个世界，而现在我以我全部的意识和我对熟识的全部要求来和这个世界相对立。正是这个如此可笑的理性使我和任何创造相对立。我不能把它一笔抹杀。我相信凡是真实的东西，我就应该坚持。我觉得如此明显的东西，即便是反对我的，我也应该支持。是什么造成了这冲突的内容以及世界和我的精神之间的这种分裂，如果不是我对此所具有的意识的话？如果我想保持这种状况，那是通过一种不断的、总在更新、总是紧张的意识。这就是我眼下应该记住的东西。这时，荒诞既是如此明显又是如此难以征服，它进入一个人的生活之中，并找到了它的故乡。也是在这个时候，精神可以离开清醒的努力这条荒凉干燥的道路。这条道路现在伸进了日常生活。它又找到了无名氏的世界，而人也带着他的反抗和远见，从此以后回到这世界中去。他不再会希望了。这个现实的地狱，终于成了他的王国。所有的问题重又露出锋芒。抽象的事实在形式和色彩的抒情面前退却了。精神的冲突具体化了，又找到了人心悲惨而出色的隐蔽处。什么也没有解决。但是一切又都改观了。人们将死去，以跳跃来逃避，重新盖起一座适合他的观念和形式的房子吗？还是相反，人们将接受荒诞的令人痛苦却又奇妙无比的挑战？让我们为此做出最后的努力并得出我们的一切后果吧。躯体、温情、创造、行为、人类的高贵，让我们在这疯狂的世界中重新获得它们的位置吧。人将终于在那里获得他的伟大赖以为生的荒诞之酒和冷漠之粮。

让我再次强调方法：问题在于坚持。在他的道路的某一点上，荒诞的人受到吸引。历史不乏宗教和预言家，但没有神。人们要求他跳跃。他所能够回答的，就是他不太理解，事情不明显。而他恰恰只想做他理解的事情。人们向他肯定这是骄傲之罪，但是他不懂罪孽的概念；人们向他肯定也许地狱就在尽头，但是他没有足够的想象力，无法给自己描绘出这种奇怪的前途；人们还向他肯定他要失去永恒的生命，但是他觉得这微不足道。人们想要让他承认他的罪过，他却觉得自己是清白的。说真的，他只感觉到这一点：他那无法挽回的清白。正是这清白使他为所欲为。这样，他要求于自己的，就是**单单**靠着他所知道的东西生活，与存在的东西取得一致，不使任何不可靠的东西介入。人们对他回答说一切都是不可靠的。但是，至少这就是一种可靠的东西。他与之打交道的就是这东西：他想知道是否可能义无反顾地生活。

现在我来谈自杀的概念。人们已经感觉到可能给予它什么样的解决方案。在这一点上，问题被颠倒过来了。先前的问题是知道人生要值得过是否就得有一种意义。这里正相反，看来是人生越没有意义就越值得过。体验一种经验、一种命运，就是完全地接受。然而，假如人们不是千方百计地在自己面前保持意识所揭示的这种荒诞的话，他既知道这命运是荒诞的，那就不会体验这命运。否定他赖以生活的对立的某一项，就是逃避这种对立。取消意识的反抗，就是回避问题。不断革命这一主题就这样转移到个人的经验中去了。活着，就是使荒诞活着。使荒诞活着，首先就是正视它。与欧律狄刻[1]相反，荒诞只是在人离开它时才死去。因此，协调一致的哲学立场之一，就是反抗。反抗就是人和他自己的阴暗面之间的永恒对抗。它要求一种不可能的透明。它时时刻刻都对世界提出疑问。正如危险向人提供了不可替代的把握世界的机会，形而上的反抗把意识贯穿于经验的始终。它就是人对他自己的那种不变的存在。它不是向往，它没有希望。这种反抗只是一个不可抵抗的命运的保证，却没有本应伴同这保证的那种顺从。

正是在这里，人们看到荒诞的经验距离自杀有多么远。人们可能认为自杀紧跟着反抗。但是不对。因为自杀表现不出反抗的逻辑的结局。因为根据它所提出的允诺，它正是反抗的反面。如同跳跃一样，自杀是尽其所能的接受。一切都至善至美了，人又回到他的本质的历史中了。他的未来，唯一的、可怕的未来，他已分辨出来，并投入其中。自杀以它的方式解决了荒诞。它把它拖入同一种死亡中去。但是我知道，荒诞是坚持不懈的，不能解决。荒诞逃脱了自杀，因为它同时是对死亡的

---

[1] 希腊神话中，俄耳甫斯之妻欧律狄刻受到阿里斯塔俄斯的追逐，被蛇咬死。

意识和拒绝。在一个死刑犯临终思想的最前沿，荒诞就是那根鞋带，他就在令人眩晕的沉沦边缘，一无所见，单单看见了几米外的那根鞋带。自杀者的反面，正好是死刑犯。

这反抗把它的价值给了人生。反抗贯穿着生存的始终，恢复了生存的伟大。对于一个眼界开阔的人来说，最美的景象莫过于智力和一种超越他的现实之间的搏斗。[1]人类骄傲的景象是无与伦比的。任何贬值都莫奈它何。精神给自己规定的这种纪律，这种锻造得无懈可击的意志，这种面对面，是有着某种强大而奇异的东西的。非人性用这种现实造就了人的伟大，使这种现实贫乏，就是使自己贫乏。于是，我明白了为什么对我解释一切的那些理论也同时使我衰弱。它们把我自己的生活重负从我身上卸下，而那本该是我独力承担的。在这转折处，我只能设想，一种怀疑主义的玄学将要和一种弃世的道德结成联盟。

意识和反抗，这些拒绝是出世的反面。人心中一切不可克服、充满激情的东西都向着他的生活的反面激励着它们。要未曾和解地死，不能心甘情愿地死。自杀是个未知数。荒诞的人只能穷尽一切，并且穷尽自己。荒诞是他最极端的张力，是他以一种孤独的努力不断保持着的张力，因为他知道，在这种日复一日的意识和反抗中，他显示出的唯一的真理，即挑战。这

---

[1] 参见塞涅卡《论神意》第2章，第7节。——原编者注

是一个重要的后果。

这种经过协商的立场在于引出由一种明显的概念带来的全部后果（也仅此而已），我若坚持这种立场，就面临着第二个反常现象。为了忠于这个方法，我毫不理会形而上的自由这个问题。知道人是否是自由的，这我没有兴趣。我只能体验到我自己的自由。对于这种自由，我不能获得一般的概念，但有一些明确的估计。"自在的自由"这个问题没有意义。因为它以完全不同的方式与上帝的问题相连。知道人是否是自由的，这要求人们知道他能否有一个主人。这个问题的特殊的荒诞性来源于概念本身：概念使自由问题成为可能，同时又取消它的全部意义。因为在上帝面前，恶的问题更甚于自由的问题。人们知道这种抉择：或者我们不是自由的，或者万能的上帝对恶负有责任；或者我们是自由的，负有责任的，而上帝不是万能的。经院式的钻牛角尖对这个反常现象的不容置辩性并没有增加或减少什么。

这就是为什么我不能迷失在对一种概念的颂扬或简单定义之中，这种概念从超出我的个人经验那一刻起就逃脱了我的把握并失去了意义。我不能理解一种由某个更高一级的存在给予我的自由能是什么东西。我已经失去了等级感。我对自由只能有囚徒或国家中的现代个人的理解。我所认识的唯一自由，是精神和行动的自由。如果说荒诞取消了我对永恒自由的一切机会，它反而给我并激发了我的行动自由。这种对希望和未来的剥夺意味着增加人的不受约束性。

在与荒诞相遇之前，平常的人是带着若干目的，带着对未来或对辩解（问题不在于为什么人或什么事辩解）的关心来生活的。他估测他的运气，把希望寄托在来日、退休或儿子的工作上。他还相信他生活中的某种东西能有所发展。实际上，他行动起来就像他是自由的一样，尽管所有的事实都使这种自由充满了矛盾。在遇到荒诞之后，一切都被震动了。这种"我在"的想法，我的仿佛一切都有一种意义（尽管我说过并非有什么意义）的那种行动方式，这一切都被一种可能的死亡所具有的荒诞性以一种令人眩晕的方式推翻了。想到来日，确立一种目的、有所偏好，这一切都以相信自由为前提，尽管人们有时也确信并没有感受到自由。但是在这个时候，这种高级的自由，这种唯独它能够建立一种真理的存在的自由，我知道得很清楚，是并不存在的。作为唯一的现实，死亡就在那儿。死亡之后，一切就都完了。我也没有永存的自由，我是奴隶，尤其是一个没有永恒革命希望的、不求助于蔑视的奴隶。而谁没有革命、没有蔑视却能始终是一个奴隶？什么样的自由没有永恒作为保证，却能够在充分的意义上存在？

但是同时，荒诞的人也明白，到目前为止，他一直与建立在他赖以为生的幻想之上的那个关于自由的公设连在一起。从某种意义上说，这束缚着他。在他为他的生活想象出一个目的的情况下，他是符合一种需要达到的目的的要求的，并且成了他的自由的奴隶。这样，我就只能像我准备成为的家长（或工程师，或群众的领导者，或邮电部门的临时雇员）那样行事了。我相信我可以选择成为什么人，不成为什么人。我相信这一点是无意识的，这倒是真的。但是同时我也坚持我对周围的人的信仰、对我的人文环境的偏见（其他人是那样地确信他们是自由的，这种愉快的心情是那样地具有传染性！）所做的公设。不管人们能够多么远地避开任何道德的或社会的偏见，人们总要部分地受其影响，甚至还让生活去适应其中最好的（偏见有好有坏）。这样，荒诞的人明白了他实际上并不自由。说得明确些，在我有所希望的情况下，在我为一种以存有或创造的方式属于我的真理感到不安的情况下，总之，在我安排我的生活，并因此而证明我承认生活有意义的情况下，我为自己设置了栅栏，并把我的生活圈在其中。我像许多精神和心灵的公务员一样行事，他们只是引起我的厌恶，而现在我看得很清楚，他们除了认真对待人的自由以外，什么事也不干。

荒诞在这一点上启发了我：来日是没有的。从此，这就是我深刻自由的原因。我这里进行两种比较。神秘主义者首先发现要给自己一种自由。由于沉溺在他们的神之中，服从他的规则，他们也就秘密地成为自由的了。他们是在一种自发地赞同的奴隶状态中发现一种深刻的独立的。然而，这种自由意味着什么？人们尤其可以说他们是针对自身而**感到**自由的，特别是感到不如被解放那样自由。同样，荒诞的人整个地转向死亡（这里被看作最明显的荒诞），他就感到摆脱了一切，除了在他身上凝结的那种热情的关切。针对通行的规则，他体味到一种自由。这里人们看到存在哲学的出发主题保持着它们的全部价值。回到意识，逃避日常的沉睡，形象地说明了荒诞的自由的最初活动。但是，它对准的是存在的**说教**，同时也是实际上逃脱了意识的那种精神的跳跃。[1]同样（这是我的第二个比较），古代的奴隶并不属于自己。但是，他们知道那种根本感觉不到负有责任的自由。死亡也有一双贵族的手，既镇压，也解放。

沉浸在这种无底的可靠之中，从此感到自己对自己的生活是陌生的，足以使人不像情人那样近视地增加并过完这种生活，这里面就有一种解放的原则。这种新的独立结束了，如同任何行动的自由一样。它不对永恒开支票。但是它代替了**自由**的幻想，而这些幻想在死亡时全部停止。清晨，监狱的门在死刑犯面前打开，他的神圣的不受约束性，这种除了生活的纯粹的火焰之外对一切事物令人难以置信的不感兴趣、死亡和荒诞，人们清楚地感到，这些东西是唯一合乎理性的自由原则：这种自由是一颗人心可以体验和经历的。这是第二个后果。荒诞的人就这样隐约看见一个灼热而冰冷的、透明而有限的宇

---

[1] 这里说的是一种事实的比较，而不是对顺从的赞美。荒诞的人是和解的人的反面。——作者原注

宙，在那里，没有什么东西是可能的，但是一切又应有尽有，过了这个宇宙，就是崩溃和虚无。这时他可以决定同意生活在这样的宇宙中，并从中汲取他的力量、他对希望的拒绝以及对一种没有慰藉的生活固执的见证。

然而，在这样一个宇宙中的生活意味着什么？目前这只意味着对未来的冷漠和穷尽现存的一切激情。相信生活的意义，这总是意味着一种价值等级，一种选择以及我们的偏好。相信荒诞，根据我们的定义，告诉我们的却是相反。不过，这值得再谈一谈。

知道人能否义无反顾地生活，这就是我感兴趣的一切。我丝毫也不想走出这个范围。生活的这种面貌既已给了我，我能够将就吗？况且，面对着这特殊的挂虑，对荒诞的信仰又来用经验的数量取代其质量。如果我确信这种生活只有荒诞的面目，如果我体验到它的全部平衡系于我有意识的反抗和它挣扎其中的黑暗之间的永恒对立，如果我承认我的自由只就其有限的命运而言才有意义，那么我应该说，重要的不是生活得最好，而是生活得最多。我无须去想这是庸俗的还是令人恶心的，是高雅的还是令人遗憾的。在这里，为了事实的判断，价值的判断被一劳永逸地排除了。我只需从我能看见的一切中得出结论，不贸然提出任何还是假设的东西。假设说这样生活不是诚实的，那么，真正的诚实将迫使我不诚实。

生活得最多，从广泛的意义上说，这一生活准则毫无意义。必须加以明确。首先，似乎人们对数量这个概念挖掘得不够。因为这个概念可以触及人类经验的很大一部分。一个人的道德，他的价值等级只有从他积聚起来的经验的数量和种类来看才有意义。然而，现代生活的条件强加给大多数人同样数量的经验，因此，也是同样深刻的经验。当然，还应该充分估计个人自发的贡献，即他身上"已知的"东西。但是，我对此不能判断，我再说一遍，这里我的准则是处理直接的明显事物。于是我看到，一种通行的道德的特点，比起激励着它那些原则的重要理想，更存在于可以按大小分类的一种经验的标准之中。说得勉强一点，希腊人有他们的娱乐道德，正如我们有我们八小时工作制的道德。但是许多人，以及其中最悲惨的人，已经使我们预感到，一种更长久的经验将改变这张价值表。他们使我们想到那个日常生活的冒险者，他仅仅用经验的数量打破了一切纪录（我有意使用这一运动术语），从而赢得了他的道德。[1]不过，我们还是离开浪漫主义吧，我们只来问，对一个决心接受打赌并严格遵守他所认可的赌博规则的人来说，这种态度意味着什么。

---

[1] 数量有时产生质量。如果我相信科学理论最近的成果，一切物质都是由若干能量中心构成的。它们或大或小的数量形成了它们或大或小的特殊性。十亿个离子和一个离子的区别不仅在数量，而且也在质量，在人类的经验中，很容易找到类似之处。——作者原注

打破一切纪录，这首先并且也仅仅是尽可能经常地正视世界。如何能够做到这一点而又没有矛盾和文字游戏呢？因为，一方面，荒诞告诉我们所有的经验都是无关紧要的，另一方面，它又导致最大量的经验。那么，如何能不像我上面谈到的那些人那样行事，如何选择给我们带来尽可能多的人文材料的生活形式，如何因此而引入一种有人从另一个方面声称要加以抛弃的价值等级呢？

然而，教导我们的仍然是荒诞和他矛盾的生活。因为错误在于认为经验的数量取决于我们的生活，而实际上它只取决于我们自己。这里需要简单化。对于两个寿命相同的人，世界总是提供同样数量的经验。我们要意识到这一点。感觉到他的生活、他的反抗、他的自由，而且要尽其可能，这就是生活，而且是尽其可能地生活。清醒统治的地方，价值等级就没有用了。让我们再简单化一些。我们说唯一的障碍，唯一的"错过的机会"，是由过早的死亡组成的。这里暗示出的宇宙只是因为和死亡这个恒定的例外相对立才得以生存的。所以，在荒诞的人眼中，没有任何深刻性、任何感情、任何激情、任何牺牲可以使四十年的有意识的生活和六十年的清醒相对等[1]（哪怕他愿意也不行）。疯狂和死亡，这是他不可补救的事情。人并不

---

[1] 对虚无这个如此不同的概念亦可做同样的思考。它对真实不增减，也不在虚无的心理经验中，考虑到两千年以后的事情，我们自己的虚无才真正地有了意义。从它的一种面貌看，虚无正是由未来的生活的总和造成的，而那些生活将不会是我们的生活了。——作者原注

选择。他所具有的荒诞和增加的生活不以人的意志为转移，而是取决于他的反面，即死亡。[1]仔细掂量一下用词，这里只是一个机会的问题。应该善于赞同。二十年的生活和经验是绝对不可替代的。

由于一种对一个如此富有经验的民族来说是很奇怪的不一致，希腊人希望早夭的人是神所宠爱的。如果人们愿意承认：进入神的可笑世界，就是丧失最纯洁的快乐，即感觉并且是在人世间感觉，唯其如此，那才是真的。在一个始终有意识的灵魂面前，存在并继续存在，这就是荒诞的人的理想。然而，理想一词在这里保留着一种虚假的声音。这甚至并不是他的使命，而仅仅是他推理的第三个后果。从非人的一种焦虑的意识出发，关于荒诞的沉思又回到了它的旅程的终点，这旅程就在人的反抗的热烈火焰之中。[2]

这样，我就从荒诞中引出三种后果，即我的反抗、我的自由和我的激情。仅仅通过意识的作用，我把死亡的邀请变成了

---

[1] 意志在这里只是代理人，它倾向于保持意志。它提供一种生活纪律，这是值得重视的。——作者原注

[2] 重要的是要一致。人们在这里是从一种对世界的赞同出发的。但是，东方思想教导说，人们在选择反对世界的时候也可以进行同样的逻辑努力。这也是合乎情理的，并给本文画出了前景和界限。但是，当否定世界是以同样的严格性进行着的时候，人们在有关事业的无所谓方面常常达到相似的结果（在某些吠檀多派中）。在一部叫作《选择》的重要著作中，让·格勒尼埃以此种方式建立了一种真正的"无所谓哲学"。——作者原注

生活的准则——而且我拒绝自杀。我当然知道贯穿在那些岁月之中的沉重的回声。然而我只有一句话要说,因为那是必要的。当尼采写道"很明显,天上和地上的主要事情就是长期地、在一个方向地服从:慢慢地就产生出某些值得为之生活在这片土地上的东西,例如美德、艺术、音乐、舞蹈、理性、精神,某种使事物改观的东西,某种文雅的、疯狂的或神圣的东西"[1],他就说明了一种具有伟大气派的道德准则。然而,他也指出了荒诞的人的道路。服从激情,这同时既是容易的又是困难的。不过,人有时应该在与困难的较量中显出自己的本色。唯有他能够做到。

阿兰说:"祈祷,就是夜来到了思想上。"[2]神秘主义者和存在哲学家回答说:"但是精神必须与夜相遇。"[3]当然,但不是那种在闭合的双眼之下、仅仅由人的意志而产生的夜,不是那昏暗的、精神激起并在其中迷失的夜。如果它应该遇上夜,那应该是绝望之夜,这绝望总是清醒的;应该是极地之夜,精神的不眠之夜,从中可能会升起白色的、纯洁的光,使每一种东西都在智慧的光明中轮廓分明。在这个程度上,等值就与充满激情的理解相遇了。这时甚至不再有评断存在的跳跃的问题了。

---

[1] 见尼采《超乎善恶》,第183页。——原编者注

[2] 阿兰(1868—1951),法国著名哲学家、作家。下面这句话见于他的《观念和时代》,伽利玛版,1927年,第1卷,第15页。——原编者注

[3] 见舍斯托夫《死亡的启示》,第183页。——原编者注

它在人类态度的古老画卷中重获它的位置。对于观者来说，如果他是有意识的，这跳跃仍然是荒诞的。他以为消除了这个反常现象，其实，他是完全恢复了这个反常现象。在这种名义下，他是动人的。在这种名义下，一切重归原位，荒诞的世界在其壮丽和杂多之中获得再生。

然而，中途停止是不对的，满足于一种观察的方式、放弃矛盾也是困难的，因为它也许是全部精神力量中最微妙的。以上所述只是确定了一种思想的方式。现在，问题是生活了。

荒诞的人

倘若斯塔夫罗金有宗教信仰，那他也并不相信他有宗教信仰。倘若他没有宗教信仰，那他也并不相信他没有宗教信仰。

——《群魔》[1]

---

[1] 见《群魔》第 2 部，第 6 章"忙碌不堪的一夜"。——原编者注。

歌德说："我的场地就是时间。"这真是一句荒诞的警句。那么荒诞的人到底是什么呢？是那个不否认永恒，但也不为永恒做任何事情的人。怀念对他来说并不是陌生的。但是他更喜欢他的勇气和推理。前者教他义无反顾地生活和满足于现有的东西，后者让他知道他的局限。他确信他的自由到了尽头，他的反抗没有前途，他的意识可以消亡，然而他在一生之中继续他的冒险。这就是他的场地，这就是他的行动，他避免一切判断，自己的判断除外。对他来说，一种更伟大的生活并不能意味着另一种生活。否则就是不诚实的。我在这里甚至不谈人们称为后世的那种可笑的永恒。罗兰夫人[1]相信它。这种轻率得到了教训。后世很愿意记下这个词，但是忘了加以评断。罗兰夫人引不起后世的兴趣。

这里谈不上道德问题。我见过一些人很有道德地干着坏事，我每天都看见诚实并不需要准则。只有一种道德是荒诞的

---

1 罗兰夫人（1754—1793），法国资产阶级革命中吉伦特派代表人物。后被革命法庭处以绞刑。她在狱中写有《回忆录》。

人可以接受的，即那种不脱离上帝的道德，因为它是自律的。然而，荒诞的人恰恰是生活于这个上帝之外的。至于其他道德（也包括非道德主义），荒诞的人从中只看见辩白，而他是没什么可辩白的。我这里是从他的无辜这一原则出发的。

这种无辜是可怕的。"一切都是可允许的。"伊凡·卡拉马佐夫[1]喊道。这也发出了荒诞的气味，但条件是非庸俗地理解。我不知道人们是否注意到了：这不是一种解脱的、快乐的叫喊，而是一种辛酸的确认。确信有一个可以给生活以意义的上帝，其诱惑力远远超过了不受惩罚的作恶的能力。选择不会是困难的。但却无可选择，辛酸于是开始了。荒诞不是解脱，而是联结。它并不允许一切行动。一切都可允许并不意味着什么也不被禁止。荒诞仅仅是把一切行动的等值还给这些行动的后果。它并不劝人犯罪，否则就是幼稚的，但是它为悔恨恢复其无益。同样，如果所有的经验都是无关紧要的，那么，义务的经验就和另一种经验一样地合乎情理。人们可以因任性而有德行。

一切道德都建立在这种观念之上，即一个行动具有使之合乎情理或使之磨灭无效的后果。一种浸透了荒诞的精神只是判断这些结果应被心平气和地加以估量。它随时准备付出代价。换句话说，对于它，假使说有负责的，却没有犯罪的。至多，

---

[1] 陀思妥耶夫斯基的小说《卡拉马佐夫兄弟》的主人公。

它认可利用过去的经验来缔造它未来的行动。时间将使时间生存，而生活将为生活服务。在这个既局限又充满可能的场地中，一切本身，除了它的清醒之外，它都觉得是不可预料的。从这个不可理喻的秩序中可以得出什么样的准则呢？它觉得可以是有教益的唯一真理丝毫也不是形式的：这真理活跃起来，并在人中间展开。因此，荒诞在其推理的终结时能够寻找的不是伦理的准则，而是形象的说明和人类生活的气息。此后的一些形象即属此类。它们一边继续荒诞的推理，一边把它的态度和它们的热力赋予它。

一个例子不一定就是一个值得仿效的例子（在一个荒诞的世界中更非如此），这些形象的说明并不因此就成为典范，这种观念我还需要展开吗？除了有使命之外，比较起来，人们要从卢梭那里认为应该爬着走路，从尼采那里认为虐待母亲是合适的，那就会使自己变得可笑。一位现代的作者写道："应该是荒诞的，但不应该受骗。"这里涉及的态度只有考虑到其反面才能具有全部意义。一个邮局的临时雇员和一位征服者是平等的，如果他们的意识是一样的话。在这方面，一切经验都是无关紧要的。有的帮助人，有的妨害人。如果他是有意识的，经验就帮助他。不然的话，也没有关系：一个人的失败并不是对环境下判断，而是对其本人下判断。

我选择的只是那些试图穷尽自身的人，或者我意识到他们是在穷尽自身的人。到此为止。眼下，我只想谈论一个世界，其思想和生活都被剥夺了未来的世界。一切使人工作或骚动的东西都利用希望。因此，唯一不说谎的思想是一种没有结果的思想。在荒诞的世界中，一个概念或生命的价值是以其贫乏来衡量的。

唐璜作风

如果爱就够了，事情就太简单了。人们越是爱，荒诞就越是牢固。唐璜拈花惹草绝不是因为缺乏爱情。把他表现为一个寻求完美爱情的、有幻象的人是可笑的。然而，那的确是因为他怀着同等的激动、每次都全心全意地爱她们，他才必须重复那种天赋和那种感情的深化。因此，每一个女人都希望带给他从未有人给予过他的那种东西。每一次她们都大错特错，而仅仅使他感到重复的必要。其中有一位喊道："反正我给了你爱情。"他笑了，说道："反正？不，不过是多了一次。"人们会对此感到惊奇吗？为什么要爱得深就得爱得少呢？

唐璜是忧郁的吗？不大像。我几乎不必求助于故事。那笑、那胜利的放肆、那跳跃、那对演戏的爱好，都是清晰的、快乐的。任何健康的人都倾向于繁殖。唐璜也是如此。再者，忧郁的人有两个忧郁的原因，或者是他们无知，或者是他们抱有希望。唐璜知道，而且不抱希望。他使人想到那些艺术家，他们知道自己的局限，并且从不超越，在他们的精神稳定下来的不牢靠的间歇中，他们又有着大师的一切奇妙的舒适。而这就是天才：知道其边界的智力。直到肉体死亡的边缘，唐璜都不知道忧郁为何物。从他知道的那一刻起，他就爆发出大笑，而这就原谅了一切。在他希望的时候，他是忧郁的。今天，在这个女人的嘴唇上，他重新发现了唯一的科学所具有的苦涩而慰藉的滋味。苦涩？不尽然：那是使幸福变得敏感的必要缺陷！

试图在唐璜身上看见一个饱读传道书的人，那可是上了大当。因为对他来说，如果希望另一种生活不是虚荣的话，那就没有什么是虚荣了。既然他对上天本身玩弄虚荣，他就证明了这一点。悔恨把欲望消磨在享乐之中，这种无能的老一套与他无缘。这种事情对浮士德是很合适的，他相信上帝到把自己出卖给魔鬼的程度。对唐璜来说，事情就更简单了。莫利纳[1]的"骗子"面对地狱的威胁总是回答："请你为我延期吧！"死后的事情毫无意义，而会生活的人有着多么漫长的岁月啊！浮士德要求这个世界的财富：不幸的人只需伸出手来干。不知道如何使自己的灵魂快乐，就已经是把它出卖了。相反，唐璜要求的是满足。如果他离开一个女人，并非完全因为他对她没有欲望了。美丽的女人总是能激起情欲的。但是，他是否想望另一

---

[1] 莫利纳（约1583—1648），西班牙著名剧作家，其作品《塞维勒的骗子》是一出著名的性格喜剧，其中首次出现了唐璜的形象。

个女人,这不是一回事。

今世的生活使他满足,最坏的莫过于失掉它。这疯子是一位大智者。然而,靠希望生活的人却与这个世界合不上拍,在这个世界中,善良让位于慷慨,温情让位于男性的沉默,一致让位于孤独的勇敢。而且人人都在说:"这是一个弱者、一个理想主义者或一个圣人。"必须吞下使人感到屈辱的伟大。

人们对唐璜的话语和那句对任何女人都有用的话(或者对那种贬低了他所欣赏的东西的会心一笑)感到相当愤慨。然而,对于寻求快乐的数量的人来说,唯有效率才算数。口令已经显示出效力,使之复化又有何益?女人,男人,都不听,只是听发出口令的声音罢了。这些口令就是准则、协议和礼貌。人们发出了口令,然后,最重要的还有待去做呢。唐璜已准备就绪。他为什么要给自己提出道德问题呢?他不是像米洛兹[1]笔下的玛纳拉那样想要超凡入圣才受入狱之罚的。对他来说,地狱是一个人们挑动起来的东西。面对神的愤怒,他只有一个回答,而那正是人的荣誉。他对骑士说:"我有名誉,我履行诺言,因为我是骑士。"但是,把他看成一个非道德主义者也是大错。他在这方面"与常人无异":他的道德就是他的同

---

[1] 米洛兹(1877—1939),法国作家,原籍立陶宛。他的剧本《米盖尔·玛纳拉》塑造了一个孤独而痛苦的唐璜。

情或厌恶。只有参照他通常所象征的人,人们才能很好地理解唐璜,即普通的诱惑者和讨女人喜欢的男人。他是一个普通的诱惑者。[1]区别只有一点,即他是有意识的,因此他是荒诞的。一个诱惑者变得清醒,这并不因此而有所改变。诱惑就是他的常态。只有在小说中人才改变常态或者变得更好。但是人们也可以说,什么也不曾改变,同时一切又都变化了。唐璜付诸行动的,是一种数量的伦理,与倾向于质量的圣人相反。不相信事物的深层的意义,这是荒诞的人的本色。那些热烈的或惊奇的面孔,他都一一看过,储存起来,并付之一炬。时间与他一起前进。荒诞的人就是那种不脱离时间的人。唐璜并不想"收集"女人。他穷尽其数量,并且同她们一起穷尽生活的机会。收集,就是有能力以过去为生。但是他拒绝悔恨,这希望的另一种形式。他不会看肖像。

他因此就是自私的吗?他无疑是个独特的利己主义者。但是,问题仍在于理解。有些人生来就是为了活的,有些人生来就是为了爱的。唐璜至少愿意说出来。但是,他说得简略,他可以进行选择。因为人们这里说的爱情是由对永恒的幻想装饰起来的。激情的所有专家都告诉我们,只有不愉快的永恒爱

---

[1] 在充分的意义上,并且连带他的缺点,一种健康的态度也是包含着缺点的。——作者原注

情。几乎没有不包含斗争的激情。一种这样的爱情只有在死亡这最后的矛盾中才会结束。要么是维特[1]，要么什么也不是。这里也有好几种自杀的方式，其中之一是完全的献身和对自身的遗忘。唐璜像另一个人一样，知道这可以是很动人的。但是，他是少数人之一，他们知道那并不重要。他知道得同样清楚：被一种伟大的爱情引动得脱离个人的全部生活的人也许会变得丰富起来，但是，他们的爱情选中的那些人肯定要变得贫乏。一位母亲，一个热情的女人，必然有一颗干枯的心，因为这颗心脱离了世界。只有一种感情、一个人、一张面孔，但一切都已被吞噬。震动了唐璜的是另一种爱情，这种爱情是解放者。它随身带来了世界上的所有面孔，它颤抖是因为它知道自己是可以消亡的。唐璜选择了成为无。

对他来说，问题在于看得清楚。我们只是考虑到一种来自书本和传说的集体的看事物的方式时，才把那种把我们同一个人联系在一起的东西叫作爱情。然而，关于爱情，我只知道那种欲望、温情和智力的混合，这种混合把我同另一个人联系在一起。它又因人而异。我没有权利用同一个名称称呼所有这些经验。这使人们不必从同样的行为中得到这些经验。荒诞的人在这里更增加了他不能够统一的东西。这样他就发现了一种新的存在方式，这种存在方式至少像解放了接近他的那些人一样

---

[1] 歌德小说《少年维特的烦恼》中的人物。

也解放了他。唯有那种知道自己既是暂时的又是独特的爱情才是慷慨的爱情。对于唐璜来说，全部的这些死亡和这些再生造就了他的全部生命。这是他的奉献以及使生命活跃起来的方式。我让别人去判断这是否谈得上利己。

我这里想到了所有那些绝对地希望唐璜受到惩罚的人。不仅在来世，而且也在今世。我想到了所有那些关于晚年的唐璜的故事、传说和嘲笑。不过，唐璜早有准备。对于一个有意识的人来说，衰老以及它们所预示的东西并不是一件使人惊讶的事情。他之有意识，恰恰是因为他不向自己隐瞒其可怖之状。在雅典，有一座神庙是奉献给衰老的。人们把孩子们带到那儿去。对唐璜来说，人们越是笑他，他的形象越是分明。因此，他拒绝浪漫派赋予他的形象。那个痛苦万状的、可怜的唐璜，是无人想取笑的。人们可怜他，上天拯救他吗？并非如此。在唐璜隐约看见的那个宇宙中，可笑**也是**被理解的。他认为被惩罚是正常的。这是赌规。他接受了全部赌规，这正是他的慷慨。但是，他知道他有道理，谈不上惩罚。一种命运并不是一种惩罚。

这就是他的罪孽，而人们知道，永恒的人把这称作对他的惩罚。他达到了一种不存幻想的科学，这种科学否定他们所宣扬的一切。爱以及占有，征服以及穷尽，这就是他认识的方式。(在这个《圣经》喜欢的字眼中有深意存焉,它将爱的行为称为"认识"。)他是他们最凶恶的敌人,因为他不理睬他们。一位专栏编辑转述道,真正的"骗子"是被方济各修会的修道士谋害而死的,后者想"结束唐璜的放纵和不信宗教,而唐璜的出生保证了他的不受惩罚"。他们随后就宣布上天以雷劈死了他。没有人检验过这种奇怪的结局。也没有人做出相反的证明。然而,无须考虑这是否像真的,我就可以说这是合乎逻辑的。我这里只是想记住"出生"一词,并借题发挥一下:这说的是生活保证了他的无辜。他只是从死亡中得到了现在成为传奇式的罪过。

那位石头骑士,为了惩罚敢于思想的鲜血和勇气而震动起来的那个冰冷的塑像,还意味着别的什么吗?它的身上概括了永恒理性、秩序、普遍道德的全部权力,以及一个易怒的上帝的全部奇怪的威严。这块巨大的、没有灵魂的石头只是象征着唐璜永远否定的那些力量。但是骑士的使命到此为止。霹雳可以再回到人造的天上,而它正是从那儿被呼唤来的。真正的悲剧是在他们之外演出的。不,唐璜并非死于一只石头的手。我宁愿相信传说中的对抗,相信那个健全的人疯狂的笑声,他向一个并不存在的神挑战。但是,我尤其相信唐璜在安娜处等候的那天夜里,骑士没有来,半夜之后,这不信宗教的人应该感到那些有道理的人们的可怕辛酸。我更愿意接受关于他的一生的那种叙述,即他最后进了修道院。并非故事有教育意义,就能够被认为是真的。向上帝能求得什么栖身之处？更确切地说，这说明了一个浸透了荒诞的人生合乎逻辑的结局，以及一种转向没有来日的快乐的粗暴解决方式。享乐在此以苦行结束。应该明白，这两者可以成为同一种解决的两副面孔。还有什么更可怕的形象：一个为肉体所叛的人的形象，他不能适时而死，就一边等着结束，一边演完喜剧，面对着他并不崇拜，却像侍奉生活一样侍奉着的神，他跪在虚无面前，双臂伸向天空，他知道这天空既没有话语也没有深度。

我看见唐璜在一座西班牙修道院的一间小室中，那修道院藏在一座小山上。如果他看着什么东西的话，那不是逝去的爱情的幽灵，而可能是透过一个灼人的小孔望着西班牙的某个平原，壮丽的、没有灵魂的土地，他在其中认出了自己。是的，应该停止在这个忧郁而光辉的形象上。最后的结局，被等待然而并不被期望的结局，这最后的结局是可以忽略的。

戏　　剧

哈姆雷特说:"演戏,这就是我抓住国王的意识的陷阱。""抓住"一词用得好。因为意识要么走得很快,要么就缩回去。必须在那个它向自己匆匆一瞥的千载难逢的时刻凌空抓住它。普通人不大喜欢耽搁。相反,什么都在催着他。然而同时,使他感兴趣的又莫过于他自己,尤其是他可能成为的那种东西。他对于剧场和戏剧的爱好即由此而来,在那里,有那么多命运呈现在他面前,他接受其诗意而不必忍受其苦涩。人们至少可以在那里认出无意识的人,而他继续匆匆奔向无以名之的希望,荒诞的人开始于此人结束的地方。那里,精神不再旁观,而想自己参加进去。深入所有那些生活中去,体验其多样性,就正是演出那些生活。我不是说演员们普遍地听从这种召唤,也不是说他们是荒诞的人,我是说他们的命运是一种荒诞的命运,可能诱惑或吸引一颗敏锐的心。为了不误解下文,以上所述是必要的。

演员在可以消亡的东西中为王。人们知道,在一切光荣之中,他的光荣是最为短暂的。至少在闲谈中人们可以这么说。

然而，一切光荣都是短暂的。从天狼星的角度看，歌德的作品在一万年之后将化为灰尘，其名也将被遗忘。也许会有几个考古学家寻找我们这个时代的"证据"。这种念头总是富有教益的。这种经过深思熟虑的念头将我们的骚动化为人们在冷漠中发现的那种深刻的高尚。它特别把我们的忧虑引向最可靠的东西，即最现实的东西。在一切光荣中，最不骗人的是那种自己感受到自己的光荣。

因此，演员选择了不可计数的光荣，即那种自己使自己长久、自己感受自己的光荣。万物终有一死，正是演员从中得出了最好的结论。演员有成功的，有不成功的。作家即便被埋没，也怀着希望。他假设他的作品将证明他是何等样人。演员至多留给我们一幅照片，他的行动和沉默、他的短促的呼吸或爱情的喘息、他自己的任何东西都到不了我们跟前。对他来说，不出名就是不演戏，而不演戏，就是和他本来可以使之活跃或使之再生的那些人一起死了一百次。

看到一种建筑在最短暂的创造之上的、可以消亡的光荣，这有什么可惊奇的呢？一个演员可以有三个小时成为伊阿古或阿尔塞斯特，费德尔或格罗塞斯特[1]。在这短暂的时间里，他在

---

1 以上四人分别为莎士比亚的《奥赛罗》、莫里哀的《恨世者》、拉辛的《费德尔》和莎士比亚的《理查三世》中的人物。

五十平方米的舞台上使这些人物诞生与死亡。荒诞从未被表现得这样好,这样长久。这些奇妙的生活,这些独特而完整的命运,生长与衰亡在几堵墙、几个小时之内,还能希望什么更说明问题的缩影呢?过了高原,希吉斯蒙[1]就什么也不是了。两个小时之后,人们就看见演员在城里吃饭。也许此时就是人生如梦吧。然而,希吉斯蒙之后还有别人。犹豫不定的主人公代替了复仇之后大喊大叫的人。历经各个时代和各种精神,按照可能和实际的样子模仿一个人,演员就与另一个人物,即旅行者会合了。他和这个旅行者一样,也是耗尽某种东西,不停地奔波。他是时间的旅行者,在最好的情况下,又是被灵魂追捕的旅行者。如果数量的道德果真能找到食粮,那就正是在这个奇特的舞台上找到的。演员能从那些人物身上得到多少好处,这是很难说的。但是重要的不在这里。问题仅仅在于他进入这些不可替代的生活到了何种程度。实际上,有时候他随时带着这些人物,他们也稍许越出他们诞生的时间和空间。他们陪伴着演员,演员要离开他过去的样子也不很容易了。有时候,他要端起一个杯子,会露出哈姆雷特举起酒杯的动作。不,他和他赋予生命的人物之间的距离并不是那么大。每个月或每一天,他都在充分地表明这一含义丰富的真理,即一个人希望是什么和他现在是什么之间并没有界限。表象在何种程度上成为

---

[1] 卡尔德隆《人生如梦》一剧中的人物。

存在，这就是他所表现的，而他总是力图演得更好。因为这就是他的艺术，他的艺术就是绝对地假装，就是尽可能地深入不是他本人的那些生活中去。经过努力，他的使命也清楚了：刻意做到什么人也不是，或者是好几个人。他塑造人物时所受的局限越是狭窄，他的才能就越显得必要。他过三小时要死，其面貌就是他今天的面貌。他在三小时内必须完整地体验和表达一种非凡的命运。这叫作为了重新发现自己先失掉自己。在这三小时内，他要把一条走不通的路走到底，而这条路观众席上的人要走整整一生。

演员模仿可以消亡的东西，只是在表面上得到表现和改善。戏剧的惯例是心灵仅仅通过动作和肉体，或通过既是灵魂的也是肉体的声音得到表达和被人理解。这门艺术的规律是一切都要夸张，都要得到形体的表现。如果在舞台上要像真的那样去爱，运用那种不可替代的心灵的声音，像人们凝视时那样的去看，那我们的语言就始终是一种密码了。在这里，沉默应当被人听见。爱情要提高调门，而静止本身要变得壮观。肉体至高无上。"演戏似的"并非随意而为，这个被错误地贬低的词包含着一种完整的美学和完整的伦理。人的一生有一半是在暗示、掉头不看和沉默中度过的。演员在这里是一个不速之客。他为被束缚的灵魂解除魔法，于是激情就冲向它们的舞台了。它们通过各种动作说话，它们的活动离不开喊叫。演员就这样构成他的人物，然后展示出来。他或画或雕，把自己塑进他们想象出来的形式之中，在他们的幽灵中注入自己的血液。不用说，我谈的是伟大的戏剧，它是给演员以机会来充实它那完全具体的命运的戏剧。请看莎士比亚。在第一场，是肉体的疯狂驱动着舞蹈。它们解释了一切。没有它们，一切都将崩溃。如果没有那个驱逐考德莉娅和谴责爱德加的狂暴的举动，李尔王是绝不会赴疯狂定下的约会的。这出悲剧在精神错乱的气氛中展开是很恰当的。灵魂听命于魔鬼和它们的狂舞乱跳。疯子不少于四个，一个出于职业，一个出于意愿，另外两个则出于折磨：四个乱了套的肉体，这是同一种状况的四种无法形容的面目。

人的肉体本身的系统是不够的。面具和厚底靴，在其最基本的成分中简化并突出脸部的化妆，既夸张又简单化的服装，一切都为了外表而牺牲了，而这仅仅是为了眼睛。由于一种荒诞的奇迹，肉体还带来了认识。如果我演伊阿古的话，我永远也不会很好地理解他。我听他说话是没有用的，我只是在看见他时才抓住了他。从荒诞的人物那里，演员获得了单调，那个他贯穿在他的各种主人公身上的独特的、迷人的、既奇怪又熟悉的轮廓。这里仍是伟大的戏剧作品有助于情调的统一。[1] 演

---

[1] 这里我想到了莫里哀的阿尔塞斯特。一切都是那样的简单、明显、粗俗。阿尔塞斯特对菲林特、赛利麦纳对艾利昂特，整个主题存在于一个被推向极致的性格的荒诞后果之中，诗句本身也是一种"歪诗"，差不多和性格的单调一样的节奏。——作者原注

员自我矛盾之处正在这里：他既单一又多样，如此多的灵魂通过一个肉体概括出来。然而，这就是荒诞的矛盾本身，就是那个想达到和体验一切的人，就是那个徒劳的企图，就是那种没有意义的固执。永远自相矛盾的东西却在他身上统一起来了。他正处在这个地方，这里肉体和精神会合并紧抱在一起，这里因失败而厌倦的精神转向它最忠实的盟友。哈姆雷特说："祝福他们吧，他们的鲜血和判断是那样奇怪地混为一体，他们不再是命运的手指随意开合的笛子了。"

教会怎么没有谴责演员的这种活动呢？它反对这种艺术中异端灵魂的增长、感情的泛滥、一种精神上的骇人听闻的企图，这种精神拒绝只经历一种命运，反而加速投入各种放纵之中。它在他们当中禁止对现时的兴趣和普罗透斯[1]式的胜利，这些都是对它的教导的否定。永恒不是一场赌博。一种精神喜欢喜剧到了胜过喜欢永恒的程度就得不到拯救。在"到处"和"永远"之间没有妥协。因此，这种如此被贬低的职业就可能产生一种过分的精神冲突。尼采说："重要的不是永恒的生命，而是永恒的活力。"实际上，整个悲剧就在这种选择之中。

---

[1] 希腊神话中变幻无常的海神，又名"海中老人"。

阿德里安·勒古弗勒[1]临终时很想忏悔，领受圣体，但是拒绝放弃她的职业。她因此而没有得到忏悔的好处。实际上，这不是在上帝面前维护她深刻的激情又是什么呢？这个垂死的女人含着眼泪拒绝否定她称之为她的艺术的东西，她因此而表现出一种她在脚灯前未曾达到的伟大。这是她最美的角色，是最难扮演的角色。在上天和一种可笑的忠诚之间进行选择，喜欢自己甚于喜欢永恒或者投入上帝的怀抱，这就是她必须在其中坚持的古老的悲剧。

当时的演员们是自知已被革出教门的。加入这一行列，就是选择了地狱。教会看出它最凶恶的敌人就在他们中间。有几个文人发怒了："怎么！拒绝给莫里哀最后的帮助！"然而，那是理所当然的，尤其是对一个死在舞台上、在粉墨之下结束了整个地奉献给娱乐的一生的人。人们说到他时提到天才原谅一切。然而天才什么也原谅不了，恰恰是因为天才不允许这样。

那时演员知道什么惩罚在等着他。但是，生活本身给他留了最后的惩罚，以此为代价的如此模糊的威胁能有什么意义呢？他事先体验到并全部接受的正是这一点。演员和荒诞的人一样，过早的死对他们来说都是无可挽回的。什么也补偿不了他可能经历过的那些面貌和时代的总和。然而，无论如何，问题是死亡。因为演员无疑是无处不在，但是，时间也在拖着

---

[1] 阿德里安·勒古弗勒（1692—1730），法国著名女演员。

他，并在他身上发生作用。

有一点儿想象力就足以感觉到演员的命运意味着什么。他是在时间中一个一个地创造他的人物。他是在时间中学会控制他们。他越是体验过不同的生活，他就越能和它们分得开。必须死在台上和世界上的时间到了。他体验过的东西面对着他。他看得清清楚楚。他感到这场冒险所具有的令人痛苦的、不可替代的东西。他知道，他现在可以死了。老演员们是有隐退的居所的。

征　　服

征服者说:"不,不要以为我为了喜欢行动就得忘记思想。相反,我可以完美地确定我所相信的东西。因为我是竭尽全力地相信,我观察的目光既可靠又明确。不要相信那些人说的:'这一点我是太知道了,所以我说不出来。'因为如果他们说不出来,那是他们不知道,或是由于懒惰,他们浅尝辄止。"

我没有很多看法。在生命结束的时候,人意识到,他过了许多年才核实了一个真理。然而一个真理,如果是一目了然的话,对于指导一种存在也就足够了。至于我,我关于个人的确有某种东西要说。应该不客气地说,如果必要的话,应该带着适当的轻蔑来说。

一个人应该是沉默多于说话的。有许多东西我将是不说的。然而我坚信,所有那些对个人进行过判断的人,他们寻求立论根据的经验要比我们少得多。智力,动力的智力,它也许已经预感到应该确认的东西了。然而时代,它的废墟和鲜血已经在我们面前呈现出显而易见的东西了。古代的民族,甚至晚些的,直至我们这个机械时代的民族,都有可能衡量社会的美德和个人的美德，并且研究是哪一个应为另一个服务。这首先是根据人心的根深蒂固的错乱，这种错乱认为人来到世上是为了服务或者被服务。其次是因为无论是社会还是个人都还没有显示出各自的全部本领。

我见过一些善良的人，他们赞叹荷兰画家那些产生于血腥的弗朗德勒战争的杰作，为西里西亚的神秘主义者在可怕的三十年战争中所做的祷告所感动。在他们惊奇的眼中，现世的动乱之上浮动着永恒的价值。然而时间前进了。今天的画家失去了那种宁静。尽管他们实际上还有为创造者所必需的心，我是说一颗干枯的心，那也丝毫用不上了，因为人人以及圣人自己都被动员起来了。也许这就是我最深刻地感觉到的东西。战壕中每有一次失败，每有一个行动，比喻或祈祷，被钢铁碾碎，永恒就丢失了一部分。我意识到我不能离开我的时间，我就决定与它结为一体。我重视个人，仅仅是因为我觉得个人是可笑的、屈辱的。我知道没有胜利的事业，就对失败的事业感兴趣：它需要一颗全心全意的灵魂，对它的失败和它短暂的胜利一视同仁。对于感到自己和这个世界共命运的人来说，文明的冲击是有着某种令人苦恼的东西的。我把这种苦恼当成我的苦恼，同时我也想碰碰我的运气。在历史和永恒之间，我选择了历史，因为我喜欢可靠的东西。至少我觉得历史是可靠的，而且如何能否认这种压倒我的力量呢？

总是有这样的时候，必须在静观和行动之间进行选择。这叫作长大成人。这种痛苦是可怕的。然而对一颗骄傲的心来说，中间道路是没有的，有的是上帝或时间，十字架或刀[1]。这个世界有一种更高的意义，超越了它的骚动，或者除了这些骚动外没有什么是真的。必须和时间共生死或者为了一种更伟大的生活而摆脱它。我知道人们是可以妥协的，可以生活在时代中而相信永恒，这叫作接受。但是我厌恶这个词，我要么什么都要，要么什么都不要。如果我选择了行动，请不要以为静观对我就成了一块陌生的土地。但是它不能什么都给我，我失去了永恒，我就想和时间结盟。我既不愿把怀念也不愿把苦涩记在我的账上，我只想看得清楚。我对你们说，明天你们就要被征入伍了。对于你们，对于我，这都是一种解放。个人什么也做不了，然而他又什么都做得了。在这种奇妙的预备役当中，你们懂得我为什么既颂扬他，同时又压倒他。碾碎他的是世界，而解放他的是我。我把他的全部权利给了他。

征服者知道行动本身是没有用的。只有一种有用的行动，那就是彻底改变人和大地。我永远也彻底改造不了人们。然而，必须做得"仿佛如此"。因为斗争的道路使我遇见了肉体。肉体即便受到屈辱，它也是我唯一可靠的东西。我只能靠它来

---

[1] 见《圣经·新约》之《路加福音》第22章。

活着。造物是我的祖国。这就是为什么我选择了这种荒诞的、无意义的努力。这就是为什么我站在斗争一边，时代正适合于此，这我说过了。到目前为止，一个征服者的伟大还是地理性的，是可以通过征服的土地的大小来衡量的。词改变了意义，不再指胜利的将军了，这并不是无关紧要的。伟大变换了营垒。它在抗议和没有前途的牺牲之中了。这绝不是因为喜欢失败。胜利是人们所希望的。然而胜利只有一种，那就是永恒的胜利。这种胜利我却永远也不会有。这就是我被绊倒并紧紧抓住的地方。一场革命总是以反对神而告完成，总是以普罗米修斯的革命为开始，他是现代征服者中的第一个。这是人对抗命运而提出的要求：穷人的要求只是一个借口。但是我只能在其历史的行动中抓住这种精神，也正是在那里，我与它连在一起了。然而请不要以为我热衷此道：面对着本质的矛盾，我坚持我的人的矛盾。我把我的清醒安置在否定它的东西中间。我颂扬面临着压倒他的东西的人，而我的自由、我的反抗和我的激情于是汇合在这种张力、这种敏锐和这种过分的重复之中了。

是的，人是他自己的目的，而且是他唯一的目的。如果他想成为什么，也是在这个生活中成为什么。现在，我深知这一点。征服者有时候谈论战胜和克服。但是他们指的总是"克服自我"。你们很清楚这是什么意思。任何人都在某一时刻感到自己等同于一个神。至少人们是这样说的。然而，这是因为他在一瞬间感到了人的精神的伟大。征服者只不过是人中间的那些人，他们感到了他们的力量，足以有把握地不断生活在此种高度上和对这种伟大的充分意识中。这或多或少是一个算术问题。征服者可能最伟大，但是他们超不过人的本身，只要后者愿意。这就是为什么他们永远也离不开人类的熔炉，而是投入革命的灵魂最炽热的地方中去。

他们在那里发现了残废的造物，但他们也碰到了他们热爱和欣赏的唯一的价值，即人及其沉默。这既是他们的匮乏又是他们的财富。他们只有一种奢侈，那就是人的关系。在这个脆弱的宇宙中，一切与人有关的东西，一切只与人有关的东西，获得了一种更灼人的意义，对此如何能够不理解呢？拉长了的面孔，受到威胁的博爱，如此强大又如此腼腆的友谊，这是真正的财富，因为它们是会消亡的。正是在这些东西中间，精神最能感到它的力量和它的局限。也就是说它的效力。有些人谈到了天才。然而天才一词用得太草率了，我更喜欢智力。应该说，它此时可以是很卓越的。它照亮了这片荒漠，并且控制了它。它知道它的奴隶地位，并为它增光。它将和这肉体一同死去。然而知道这一点，这正是它的自由。

所有的教会都反对我们，我们并非不知道。一颗如此紧张的心回避永恒，而所有的教会，神圣的或政治的，都追求永恒。幸福和勇气，报答或正义，对它们来说都是次要的目的。

这是它们提出的一种教条，而且还必须赞同。然而，我和观念或永恒没什么关系。适合我的真理，手就可以摸到。我不能离开它们。这就是为什么你们不能指望我什么；征服者身上没有什么东西是长久的，甚至他的教条也不长久。

无论如何，这一切的终了是死亡。我们知道。我们也知道死亡结束一切。这就是为什么遍布欧洲的、纠缠着我们当中某些人的那些墓地是丑恶的。人们只美化心爱的东西，而死亡使我们反感和厌倦。它也是需要被征服的。被威尼斯人包围的帕多瓦，又因鼠疫而成了一座空城，被困在里面的最后一个卡拉拉人[1]一边喊一边跑遍他荒凉的宫殿的厅室：他呼唤魔鬼，请求一死。这是一种克服死亡的方式。让死亡自以为受到尊崇的那些地方变得如此可怕，这仍然是西方特有的一种勇敢的标志。在反抗者的宇宙中，死亡颂扬不公正。它是最高的夸大。

其他一些人也没有妥协，他们选择了永恒，揭露了这个世界的幻想。他们的公墓在花香鸟语中微笑。这对征服者是合适的，并向他展示了他曾经反对的东西的清晰形象。相反，他选择了黑铁的围栏或无名的壕沟。智者们能够带着死亡的形象生活，面对他们，永恒的人中最优秀者有时感到被一种充满敬意和怜悯的恐惧抓住了。然而，这些智者却从中汲取了力量，得到了证明。我们的命运就在我们面前，我们挑衅的正是我们的

---

[1] 中世纪意大利的一个望族。

命运。是出于骄傲，更是出于对我们的无意义的状况的意识。我们有时也怜悯我们自己。这是我们觉得唯一可以接受的同情：也许是你们不大理解的一种感情，你们觉得没有魄力的一种感情。然而，体验到这种感情的正是我们当中最大胆的人。不过，我们把清醒的人称作有魄力的人，我们不想要那种脱离了洞察力的力量。

再说一遍，这些形象提出的并非一些道德，也不牵涉到判断的问题：那是些画面。它们只是表明了一种生活方式。情人、演员或冒险家扮演了荒诞。但是如果他们愿意的话，他们扮演贞洁的人、官吏或共和国总统也一样好。知道并且毫不掩饰就够了。在意大利的博物馆中，人们有时会看到一些彩绘的小布幕，那是过去教士在死囚面前拿来遮挡绞刑架的。各种形式的跳跃，向神圣或永恒之中猛跳，沉溺于日常的或观念的幻想，所有这些屏幕都在遮挡荒诞。然而，有些官吏是没有屏幕的，我要谈的就是他们。

我选择了最极端的人。在这种程度上，荒诞赋予他们一种国王的权力。当然，这是些无国之君。但是他们比别人优越的是，他们知道一切王国都是虚幻的。他们知道，这就是他们的全部伟大，有人在说到他们时谈论暗中的不幸和幻灭的灰烬，这是没有用的。失去了希望，这并不就是绝望。地上的火焰抵得上天上的芬芳。我们谁也不能判断他们。他们并不试图变得更好，他们想成为征服者。如果智者一词可以用于那种靠己之所有来生活，而不把希望寄托在己之所无的人的话，那么这些人就是智者。他们其中有一个人知道得最为清楚，征服者是由于精神，唐璜是由于认识，演员是由于智力："当一个人使他所珍爱的绵羊般的脉脉温柔臻于完善的时候，在地上和天上都不会获得特权；他在最好的情况下仍然是一个长着犄角的可笑的小绵羊，仅此而已——他还得不因虚荣而死，不以他那法官的态度引起愤慨。"

无论如何，应该为荒诞的推理恢复更为热情的面貌。想象力还可以增加许多被时间和流亡束缚着的人，他们也善于根据一个没有前途没有弱点的宇宙的尺度来生活。于是，这个荒诞的、没有神的世界就住满了思想清晰并且不再怀有希望的人。不过，我还没有说到最荒诞的人，即创造者。

荒诞的创造

哲学和小说

所有这些在荒诞的稀薄空气中维持着的生活，如果不受到某种深刻而确实的思想的有力激励，是不可能坚持下去的。那只能是一种奇特的忠实感情。人们见到过一些有意识的人在最愚蠢的战争中完成他们的任务，但并不以为有什么矛盾。那是因为什么也不能回避。因此，忍受世界的荒诞是有一种形而上的幸福的。征服或游戏，无数的爱情，荒诞的反抗，这些都是人在一次他事先已经失败的战役中对他的尊严所表示的敬意。

问题仅仅在于恪守战斗的规矩。这种思想足以培养一种精神：它支持了并且还在支持着完整的文明。人们并不否认战争。因之而死，或因之而生，两者必居其一。荒诞也是如此：要与它共呼吸，承认它的教诲并寻出其血肉。在这方面，最典型的荒诞的快乐，就是创造。尼采说："艺术，唯有艺术，我们有了艺术才不因真理而死亡。"

在我试图描述并以不同的方式让人感觉到的经验中，一种苦恼在另一种苦恼消失的地方冒出来，这是可以肯定的。对遗忘的幼稚追求，对满足的呼唤，现在都没有反应。然而，使人正视世界的那种恒定的张力,驱使他欢迎一切的那种井然有序的疯狂,又给他留下了另一种狂热。在这个宇宙中,作品就成了维持他的意识并确定他的冒险的唯一机会了。创造,就是生活两次。普鲁斯特摸索的、焦急的探求,他对鲜花、地毯和焦虑的细心收集,并不意味着别的什么。同时,这种创造也不比演员、征服者和一切荒诞的人一生中每日都孜孜以求的那种持续的、不可估量的创造有更多的意义。他们都试图模仿、重复、重新创造他们的现实。我们最后总会看见我们的真理的面目。对于一个脱离了永恒的人来说,全部的存在只不过是荒诞掩盖下的一种过分的模仿而已。创造就是最大的模仿。

这些人首先是知道,其次,他们的一切努力在于跑遍、扩大、丰富他们刚刚登上的没有前途的小岛。然而,首先是应该知道。因为荒诞的发现是与未来的激情产生并合法化的那个时间停顿同时发生的。即便是没有福音的人也有他们的橄榄山[1];而且在他们的橄榄山上,也是不应该睡觉的。对荒诞的人来说,问题不再是解释和解决了,而是体验和描述。一切都从有洞察力的冷漠开始。

描述,这是一种荒诞的思想的最后野心。科学到了它的悖论的终点也停止了建议,停下来静观和描绘现象的永远是新鲜的景物。心灵就这样知道了那种使我们在世界的面貌前激动的

---

[1] 耶路撒冷东面的一座山。《圣经》说耶稣来到这里向门徒讲道,并不让他们睡觉,免得受到迷惑。次日,耶稣于此地被犹大出卖。

感情，不是来自世界的深刻性，而是来自其面貌的多样性。解释是没有用的，但感觉留下了，与之同在的还有一个在数量上取之不尽的宇宙的不断呼唤。人们从这里知道了艺术品的地位。

它标志着一种经验的死亡，同时也标志着这种经验的增加。它好像是对一些已经由世界组织好的主题的单调而热情的重复：形体，这宇宙的三角楣上不可穷尽的形象，形式或色彩，和谐或苦恼。因此，在创造者壮丽而幼稚的宇宙中重见本文的重要主题，这并不是无关紧要的。把艺术品看作一种象征，以为艺术品可以被看作对荒诞的逃避，都是错误的。它本身就是一种荒诞的现象，事情只关系到它的描述。它并不能给精神的疾病以出路。相反，它正是这种在一个人的全部思想中回荡的疾病的一种征象。然而，是它第一次使精神走出自身并把它放在别人的面前，不是为了使他迷失方向，而是向他明确地指出那条人人都踏上的没有出口的道路。在荒诞推论的时间里，创造跟随着冷漠和发现。它标明荒诞的激情从哪里冲出，推论在哪里停止。它在本文中的地位就这样得到了解释。

只要揭示创造者和思想家共有的几个主题，就足以使我们在艺术品中重新发现思想进入荒诞所具有的全部矛盾。实际上，他们共有的矛盾超过使他们智力相互亲近的一致结论。思想和创造也是如此。我几乎不需要指出，是同一种苦恼驱使人采取这些态度。它们从那出发时是一致的。然而，在所有从荒诞出发的思想中，我看到很少有坚持住的。我是从它们的距离和不忠之中最准确地衡量了只属于荒诞的东西。同时，我也应自问：一件荒诞的作品是可能的吗？

人们不应该过分地强调艺术和哲学之间古老对立的专断性。如果从一种过于确切的意义上理解，这种对立肯定是虚假的。如果只是说这两个门类各有其独特的环境，那无疑是真实的，不过说起来也是很模糊的。唯一可以接受的理由在于把自己封闭在体系**之中**的哲学家与站在自己作品**前面**的艺术家之间的矛盾。不过，这只适用于我们在这里视为次要的某些艺术和哲学的形式。关于脱离创造者的艺术的这种观念不仅没有过时，而且也是错误的。人们注意到没有一个哲学家是创立了好几个体系的，这与艺术家大相径庭。然而，只有在任何艺术家都是以不同的面貌表达同一事物这种情况下，它才是真实的。艺术瞬间的完美，其更新的必要性，这些东西只是因为偏见才是真实的。因为艺术品也是一种构造，而谁都知道伟大的艺术家可以是单调的。艺术家和思想家一样地介入，在作品中变成自己。这种相互影响提出了最重要的美学问题。此外，对于确信精神目的一致性的人来说，最无谓的莫过于基于方法和对象的区别了。人为了理解和喜爱而提出的门类之间是没有界限的。它们互相渗透，同一种焦虑使之混为一体。

开始的时候必须指出这一点。为了使一件荒诞的作品成为可能，以其最清醒的形式出现的思想必须参与其事。然而，它同时也必须不显露出来，除非是作为一种起支配作用的智力。这种反常现象是可以用荒诞来解释的。艺术品产生于智力放弃谈论具体事物。它标志着物质方面的胜利。是清醒的思想激发了它，但是它又在这一行动中忘掉了自己。它不会屈服于这种诱惑，即在描述中另外加上一种它知道是不合情理的、更为深刻的意义。艺术品体现了一种智力的悲剧，但是它只是间接地提出证据。荒诞的作品要求艺术家意识到这些局限，而艺术中具体的事物只意味着自身。它不能成为一种生活的目的、意义和慰藉。创造或不创造，这并改变不了什么。荒诞的创造者并不珍惜他的作品。他可以放弃，他有时候也放弃了。有一个阿比西尼亚就够了。[1]

人们在这里可以同时看到一个美学的规则。真正的艺术品总是与人相称的。它本质上是那种说得"少"的作品。在一个艺术家的全部经验和反映这些经验的作品之间，在《威廉·迈斯特》和歌德的成熟之间，是有着某种联系的。当作品企图把全部经验都放进一种解释文学的花边纸上时，这种联系是不好的。当作品只是经验中的经过打磨的小块，是内在的光芒凝聚而又无所限制的钻石的一个小面时，这种联系是好的。在第

---

[1] 阿比西尼亚即今之埃塞俄比亚，这里暗指死亡，取典于诗人兰波之死。实际上兰波并非死于埃塞俄比亚，而是死于法国。

一种情况下，有着过重的负荷和对永恒的追求。在第二种情况下，作品变得富有成果，因为人们猜得出经验的丰富性，一切尽在不言中。荒诞的艺术家的问题在于获得这种胜过本领的处世之道。一句话，在这种环境中的伟大的艺术家首先是一个伟大的享受人生的人，知道在这里活着既是体验又是思考。因此，作品体现着一种智力的悲剧。荒诞的作品说明思想放弃了它的威望，甘心只成为智力，这种智力使用表象，并在一切没有理性的东西上面布满形象。如果世界是清晰的，那么艺术则不是。

我这里说的不是形式和色彩的艺术，在那些艺术中占支配地位的只是辉煌而有节制的描绘。表达开始于思想结束之处。那些两眼空空的年轻人[1]挤满了寺庙和博物馆，他们的哲学被人们变成了姿态。[2]对于一个荒诞的人来说，这种哲学是比所有的图书馆都更有教益的。从另一个方面看，音乐也是如此。如果说一种艺术被剥夺了教诲，那肯定就是这种艺术了。它太像数学了，一是一，二是二，不能不从它那里吸取其无理性。精神根据约定的、适度的规则跟自己进行的这种游戏是在我们这个有声空间展开的，在这个空间之外，振动汇合了，变成一个非人的宇宙。没有比这更纯粹的感觉了。这些例子太容易

---

[1] 指雕像。

[2] 人们好奇地看到，最理智的绘画是那种试图把现实归结为基本元素的绘画，它到最后就只是使眼睛感到愉快。这种绘画只保留了世界的色彩。——作者原注

了。荒诞的人承认这些和谐与这些形式是自己的。

但是，我这里想谈一种作品，其中解释的诱惑一直是最大的，幻想自告奋勇，结论几乎是不可缺少的。我指的是小说的创造。我自问荒诞能否在其中坚持住。

思想，首先就是想要创造一个世界（或是为他自己的世界划定界限，这是一码事）。也是从一种把人和他的经验分开的根本的不协调出发，以便根据他的怀念找到一个共同点，一个被理性框住的或被类似理性说明的宇宙，这宇宙可以消除不堪忍受的分裂。哲学家，即便是康德，也是个创造者。他有他的人物、他的象征和他隐秘的行动。他有他的结局。相反，小说走到了诗和随笔的前面，不管表面上如何，这只是说明了艺术更广泛的理智化。我们得理解，这指的尤其是最伟大的作家。一种体裁的丰富和崇高常常可以从它所含有的渣滓度量出来。坏小说的数量不应使人忘记最好的小说的崇高。这种最好的小说恰恰是具有它们自己的宇宙。小说有它的逻辑、它的推理、它的直觉和它的公设。它也有它对于清晰的要求。[1]

---

[1] 请思考一下：这使最坏的小说得到了解释。几乎人人都自认能够思想，实际上，人人都在某种程度上或好或坏地思想着。相反，很少有人自以为是诗人或耍笔杆的。但是，从思想胜过风格那个时候起，大群的人就侵占了小说。

这并不是像人们说的那么大的一个灾难。最好的小说家对自己的要求更为严格，至于那些屈服了的人，他们是不值得继续存在下去的。——作者原注在这种特殊的情况下，我上面谈到的传统的对立就更不那么合乎情理了。在容易把哲学和它的作者分开的那个时代，这种对立是起作用的。今天，思想不再追求永恒了，它最好的历史将是悔恨的历史，这时候我们知道体系若是适用，就与它的作者不可分开。从一个方面来看，《伦理学》[1]不过是长而严峻的自白罢了。抽象的思想终于和它的物质基础连在一起了。同样，肉体和激情的小说化也多少是根据一种世界观的要求来安排的。人们不再讲"故事"了，人们创造自己的宇宙。伟大的小说家是一些伟大的哲学家。巴尔扎克、萨德、麦尔维尔、斯丹达尔、陀思妥耶夫斯基、普鲁斯特、马尔罗、卡夫卡就是如此，姑且只举这些吧。

他们选择了用形象而不是用推理来写作，这种选择恰恰揭示了他们某个共同的思想，即确信一切解释原则的无用，坚信感性的表象所具有的教育信息。他们既把作品看作一个结局，又把它看作一个开端。作品是一种常在不言中的哲学的结果，是它的说明和完成。然而，只有这种哲学的言外之意才能使它完整，它终于使一个古老主题的这种说法合乎情理了，即少许的思想使人远离生活，许多的思想使人靠近生活。思想不能使真实升华，就止于模仿。这里说的小说是一种认识工具，这种认识既相对又不可穷尽，与爱情的思想那么相似：对于爱情，

---

[1] 斯宾诺莎的代表作。

小说的创造是有着最初的惊叹并进行着富有成果的反刍的。

　　这至少是我在开始时承认的它所具有的魅力。但是我也承认思想屈辱的那些王子们也具有这样的魅力，而我是能够凝视他们的自杀的。我感兴趣的正是了解和描写那种使他们回到幻想的共同道路上去的力量。这里我还将使用同样的方法。因为我已用过这种方法，所以我可以缩短我的推理，并且不必在一个确切的例子里耽搁就概括出来。我想知道人们在接受了义无反顾的生活之后，是否也能同意义无反顾地劳动和创造，并且想知道通向这些自由的道路是什么。我想把我的宇宙从它的幽灵中解放出来，使之仅仅充满着我不能否认其存在的有血有肉的真理。我可以产生出荒诞的作品，选择创造的态度，而不选择另一种态度。然而，一种荒诞的态度要保持荒诞就必须对其无理性始终具有意识。作品就是这样。如果荒诞的要求没有得到尊重，如果作品没有阐明分裂和反抗，如果它迎合幻想并激起希望，那么它就不是无理性的了。我再也不能离开它。我的生活可以从中找到一种意义：这是可笑的。它不再是结束了人生的壮丽和无用的一种解脱与激情的演练了。

　　在解释的诱惑最为强烈的那种创造中，人们能够克服这种诱惑吗？在对真实的意识最为强烈的那个虚假的世界里，我能够忠于荒诞而不迎合下结论的欲望吗？在最后的努力中面临着同样多的问题。人们已经知道这些问题意味着什么。这是意识的最后顾虑，害怕为了最后的幻想而抛弃最初的和困难的教训。创造有价值的东西，被认为是意识到荒诞的人可能采取的态度之一，也适用于提供给他的任何生活方式。征服者或演员，创造者或唐璜，可以忘记他们的生命的演练，不能不意识到自己的无理性。人们习惯得如此之快。人们为活得幸福而想赚钱，于是全部的努力和生命中最好的东西都集中在赚钱上面。幸福被遗忘了，手段被当成了目的。同样，这位征服者的全部努力偏向了野心，而野心不过是通向一种更高尚的生活的道路。唐璜也将顺从他的命运，满足于这种存在，其高尚只是因反抗才有价值。对前者来说，这是意识；对后者来说，这是反抗；在这两种情况下，荒诞都消失了。在人心中有那么多执着的希望。一无所有的人有时也会赞同幻想。这种受和平需要支配的赞同是存在的赞同内在的兄弟。这样就有了光明的神祇和泥土的偶像。然而，这是通向需要找到的那种人的面目的一条平常道路。

到目前为止，对于荒诞的要求是什么，还是它的失败告诉给我们的最多。同样，我们要想警觉起来，看到小说的创造可以跟某些哲学提供同样的混含也就够了。因此，我为说明问题可以选择一部作品，其中汇集了一切标志着荒诞的意识的东西，而其开端又是明确的，环境又是清醒的。它的后果会给我们教益。如果荒诞没有受到尊重，我们也会知道幻想是通过什么渠道溜进来的。一个明确的例子,一个主题,一种创造者的忠实就够了。问题在于同样的分析,而这种分析已经更为细致地做过了。

我将研究陀思妥耶夫斯基喜欢的一个主题。我也可以同样好地研究其他作品[1]。但在其作品中,问题是在崇高和激动的方面得到直接的论述的,如同对所谈的存在的思想一样。这种平行对我的目标有帮助。

---

[1] 例如马尔罗的作品。但是那就必须同时触及社会问题,实际上,社会问题也不能用荒诞的思想来回避(况且,它也可以提出好几个不同的解决办法)。不过,还是应该有个范围。——作者原注

基里洛夫

陀思妥耶夫斯基的所有主人公都对生命的意义发出了疑问。正是在这一点上他们是现代的：他们不惧怕可笑。区别现代感应性和古典感应性的，正是后者充满着道德问题，而前者充满着形而上的问题。在陀思妥耶夫斯基的小说中，问题是以一种如此激烈的方式提出的，以至于它需要一种极端的解决。存在要么是骗人的，要么是永恒的。假如陀思妥耶夫斯基满足于这种考虑，他就是一个哲学家。但是，他阐明了在人的生活中精神的这种活动所能产生的后果，因此他成了艺术家。在这些后果中，他注意的是最终的后果，即他在《作家日记》中所说的逻辑的自杀。果然，在1876年12月出版的那一册中[1]，他设想出"逻辑的自杀的推理"。绝望者确信对一个不相信永生的人来说，人的存在是一种完全的荒诞，于是就得出下列结论：

"既然对于我关于幸福的问题，通过我的意识，向我回答

---

[1] 《作家日记》陆续发表于1873—1881年间。

说：除非在与宇宙万物的和谐之中，否则我是不能幸福的，我设想不出，也永远不能设想出，这是显然的……

"……最后，既然在这种情况下，我同时充当着起诉人和担保人的角色，充当着被告和法官的角色，既然我觉得自然所演出的这出喜剧是完全愚蠢的，甚至我认为我接受演出是受了侮辱……

"我以无可争议的起诉人、担保人、法官和被告的身份，谴责这个自然，它以一种厚颜无耻的随便让我生出来受苦——我判处它和我一同归于虚无。"[1]

在这一立场中还有些幽默。这个自杀者自己结果了自己，是因为在形而上的方面他受到了侮辱。从某种意义上说，他是在复仇。这是他表明别人"治不了他"的方式。人们知道这一主题以最令人赞叹的广阔性体现在基里洛夫身上，他是《群魔》中的一个人物，也主张逻辑的自杀。工程师基里洛夫在某处宣布他愿意离开生活是因为"这是他的观念"[2]。人们很清楚，应该按字面意义来理解。他是为了一种观念、一种思想而准备去死的。这是高级的自杀。渐渐地，随着场面的更替，基里洛夫的面目越来越清晰，激励着他的那个致命的思想也展现在我们面前。工程师实际上是袭用了《作家日记》的推理。他感觉

---

1 见《作家日记》，1876年10月，第359页。——原编者注
2 《群魔》法译本第2部，第332页。——原编者注

到上帝是必要的，它的确应该存在。但是他也知道它不存在，也不能存在。他喊道："你怎么不明白，这正是自杀的充分理由呀？"[1]这种态度同样也在他身上带来几个荒诞的后果，他无动于衷地同意让别人把他的自杀用于一项他鄙视的事业上。"我今夜决定此事对我无所谓。"他终于在一种混杂着反抗和自由的感情中准备他的行动了。"我自杀是为了证实我的违抗，我的新的、可怕的自由。"[2]问题不再是复仇了，而是反抗了。因此，基里洛夫是一个荒诞的人物——当然从根本上说他不应自杀。然而，他自己解释了这个矛盾，并同时揭示出最纯粹的荒诞的秘密。他实际上给他的致命的逻辑增加了一种不寻常的野心，这野心给了人物全部远景：他想自杀以便成为上帝。

推理具有古典的清晰。如果上帝不存在，基里洛夫就是上帝。如果上帝不存在，基里洛夫就应自杀，因此，基里洛夫自杀是为了成为上帝。这逻辑是荒诞的，但是需要的就是这个。不过，有趣的是赋予这个回到地上的神明一种意义。这就等于阐明这一前提"如果上帝不存在，我就是上帝"，这前提仍旧是相当模糊的。重要的是注意到，表明这一无理性的意图的人是属于这个世界的。他每天早晨都做体操以保持健康。他因沙托夫[3]重见妻子的喜悦而感动。在一张人们在他死后发现的纸

---

1 《群魔》法译本第2部，第336页。——原编者注
2 同上，第339页。——原编者注
3 《群魔》中的人物。

上，他想画一个向"他们"伸出舌头的鬼脸。[1]他是幼稚而易怒的，热情的，有条理的，敏感的。他只有超人的逻辑和固定观念，却有普通人的一切。然而正是他平静地谈论着他的神圣性。他不是疯子，或者陀思妥耶夫斯基是疯子。所以，使他激动的并非一种自大狂的幻觉。而这一次，按本意来理解就将是可笑的了。

基里洛夫本人帮助我们更好地理解。对于斯塔夫罗金的一个问题，他明确了他说的不是神—人[2]。人们可以认为那是出于一种与基督区别开来的考虑。但实际上是想合并后者。基里洛夫的确想象过死去的耶稣不曾回到天堂。他于是知道了他所受的折磨都是没有用的。工程师说："自然的法则使基督在谎言中生活，并为了一个谎言而死去。"[3]仅仅在这种意义上，耶稣体现了人类的全部悲剧。他是完人，是那个实现了最荒诞的条件的人。他不是神—人，而是人—神。我们每一个人都可能像他一样被钉上十字架，被欺骗——在某种程度上成为人—神。

这里所说的神性完全是人间的。基里洛夫说："我用了三年的时间寻找我的神性的标志，这标志就是独立。"[4]人们从此看出基里洛夫的前提的意义："如果上帝不存在，我就是上帝。"

---

[1] 《群魔》法译本第2部，第340页。——原编者注
[2] 同上，第1部，第259页。——原编者注
[3] 同上，第2部，第388页。——原编者注
[4] 同上，第339页。——原编者注

成为上帝,只不过是在这个地球上自由,不为一种永生的东西服务。当然,这首先是从这种痛苦的独立中得出一切结论。如果上帝存在,一切就都取决于他,而我们就丝毫也不能违抗他的意志。如果他不存在,一切就都取决于我们们。[1]对基里洛夫和对尼采来说都一样,杀死上帝,就是自己成为上帝——这是在这个地球上实现福音书所说的永恒的生活。[2]

但是,如果这种形而上的罪孽足以使人完善,那为什么还要加上自杀呢?为什么要自杀,为什么在获得自由之后还要离开这个世界?这是矛盾的。基里洛夫知道得很清楚,他补充说:"倘若你感觉到这一点,你就是沙皇,那你绝不会自杀,而要享受荣华富贵。"[3]但是人们不知道,他们感觉不到"这一点"。正如在普罗米修斯的时代,他们满怀着盲目的希望。[4]他们需要有人指路,他们离不开说教。因此,基里洛夫出于对人类的爱必须自杀。他应该为他的兄弟们指出一条正大而困难的道路,而他是第一个走上这条道路的。这是一种有教育意义的自杀。因此,基里洛夫是自我牺牲。但是,如果他被钉上十字架,他却并未受骗。他仍是一个人—神,他确信一种没有前途

---

[1] 《群魔》法译本第1部,第334页。——原编者注

[2] "斯塔夫罗金:'您相信另一个世界的永恒的生活吗?'基里洛夫:'不,但我相信这个世界的永恒的生活。'"——作者原注

[3] 《群魔》法译本第2部,第338页。——原编者注

[4] "人只是为了不自杀才发明了一个上帝,这就是迄今为止的全部世界历史。"——作者原注

的死亡，心中充满了福音的忧郁。他说："我是不幸的，因为我被迫证实我的自由。"[1]但是他死了，而人们终于明白了，这个世界将住满沙皇，并被人类的荣光照亮。基里洛夫的手枪声将是最后革命的信号。这样，不是绝望驱使他去死，而是邻人对他的爱。在把一种无法形容的精神冒险结束在血泊中之前，基里洛夫有一句和人的痛苦一样古老的话："一切皆善。"

因此，在陀思妥耶夫斯基的作品中，自杀的主题是一个荒诞的主题。在进一步深入之前，让我们仅仅指出，基里洛夫也活跃在其他人物身上，他们又提出了新的荒诞的主题。斯塔夫罗金和伊凡·卡拉马佐夫在实际生活中运用荒诞的真理。基里洛夫的死解放的正是他们。他们试图成为沙皇。斯塔夫罗金过着一种"反讽的"生活，人们对此是相当清楚的。他在周围引起仇恨。然而，这个人物最重要的话却存在于他的告别信中："我什么也恨不起来。"他在冷漠中成了沙皇。伊凡因拒绝放弃精神的王权而成了沙皇。他兄弟那样的一些人用他们的生活证明要信仰就必须卑躬屈膝，他可以回答他们说这条件是可鄙的。他们最重要的话是"一切都是可以允许的"，带着一种得体的忧伤色彩。当然，他像尼采这位最著名的上帝的谋杀者一样，最后也以疯狂告终。然而，这是一种值得一冒的风险，而在这些悲惨的结局面前，荒诞精神的基本运动是询问："这证明

---

[1] 《群魔》法译本第 2 部，第 339 页。——原编者注

了什么？"

小说就是如此像《作家日记》一样提出荒诞的问题的。小说建立了死亡的逻辑，表现了激奋，"可怕的"自由，以及沙皇们变得具有人性的光荣。一切皆善，一切都是可以允许的，什么都不是可恨的：这些都是荒诞的判断。这是多么神奇的创造啊，那些火与冰的人物看起来和我们多么亲近啊！在他们心中轰鸣的那个醉心于冷漠的世界，一点也不使我们感到可怕。我们在那里发现了我们日常的焦虑。大概没有人能像陀思妥耶夫斯基那样善于把如此接近我们、如此折磨我们的魅力赋予荒诞的世界。

然而，他的结论是什么呢？两段话将显示那种引导作家进行别的披露的完全形而上的颠倒。逻辑的自杀者的推论引起了批评家的一些异议，陀思妥耶夫斯基在后来出版的《作家日记》中发展了他的立场，得出这样的结论："如果相信永生对人来说是这样必要（没有它，他就会自杀），那它就成了人类的正常状态。既然如此，人类灵魂的永生就肯定是存在的。"[1] 另一方面，在他的最后一部小说的最后几页中，在那场和上帝进

---

1 《作家日记》，1876 年 12 月，第 367 页。括号中文字系加缪所加。——原编者注

行的巨大搏斗之后，孩子们问阿辽沙[1]："卡拉马佐夫，宗教说我们死后会复活，我们还能互相见面，这是真的吗？"阿辽沙回答说："当然，我们会见面的。我们将愉快地相互讲述过去的一切。"

这样，基里洛夫、斯塔夫罗金和伊凡就被打败了。《卡拉马佐夫兄弟》回答了《群魔》。这的确关系到一个结论。阿辽沙的情况不像梅思金公爵[2]的情况那么含糊。后者是个病人，生活在一种持续的、带着微笑和冷漠的现实中，这种非常幸福的状态可以是公爵所说的永恒的生活。相反，阿辽沙说得好："我们会重逢的。"不存在自杀和疯狂的问题了。对于确信永生和他的快乐的人来说，那有什么用呢？人用他的神圣性换取幸福。"我们将愉快地相互讲述过去的一切。"这样，基里洛夫的手枪在俄国某地打响，但是世界继续转动着它盲目的希望。人们没有明白"这一点"。

因此，和我们说话的不是一个荒诞的小说家，而是一个存在的小说家。这里，跳跃仍然是动人的，使启发了它的那种艺术崇高起来。这是一种感人的、充满怀疑的、不可靠的、热烈的赞同。谈及《卡拉马佐夫兄弟》，陀思妥耶夫斯基写道："贯穿这本书各部分的主要问题就是我毕生有意识或无意识地感到

---

[1] 卡拉马佐夫兄弟之一。
[2] 陀思妥耶夫斯基的小说《白痴》的主人公。

痛苦的问题，即上帝的存在问题。"很难相信一部小说足以把一生的痛苦转化为确确实实的快乐。一位评论者[1]正确地注意到：陀思妥耶夫斯基和伊凡有联系——《卡拉马佐夫兄弟》已确定的章节使他花费了三个月的努力，而他所说的"渎神的话"却是在昂奋之中用了三个星期就写完了。他的人物没有一个不在肉中带着这根刺的，没有不刺激它或者不在感觉或不道德中寻求解救之方的。[2]无论如何，让我们停留在这种怀疑之上吧。这是一部这样的作品，在那里面，在一种比日光还要强烈的明暗对比中，我们能够抓住人反对他的希望的斗争。创造者到了终点，选择了反对他的人物。这种矛盾使我们得以引入一种细微的差别。这里说的不是一部荒诞的作品，而是一部提出荒诞问题的作品。

根据斯塔夫罗金，陀思妥耶夫斯基的回答是卑躬屈膝，是"羞耻"。相反，一部荒诞的作品是不提供回答的，全部区别就在这里。最后让我们记住：在这种作品中反驳荒诞的不是它的基督教的特性，而是它对未来生活的预告。人们可以同时是基督徒和荒诞的人。是基督徒而不相信来世，有这样的例子。说到艺术品，就有可能明确荒诞的分析的一种方向，人们可以在上文中预感到。这种方向导致提出"福音书的荒诞性"。它阐

---

[1] 指鲍里斯·德·施莱泽。——作者原注
[2] 纪德对此有新奇而深刻的看法：陀思妥耶夫斯基的几乎所有人物都是多配偶的人。——作者原注

明了这种反复出现的观念，即信念并不妨害怀疑。相反，人们清楚地看到，《群魔》的作者虽是驾轻就熟，最后却走上了一条完全不同的道路。创造者对他的人物惊人的回答，陀思妥耶夫斯基对基里洛夫的回答，实际上可以概括如下：存在是虚幻的，也是永恒的。

没有前途的创造

因此我觉察到希望是不能永远被回避的，就是对那些想要摆脱它的人，它也能够纠缠不休。这是我觉得迄今为止谈到的作品所具有的意义。我至少可以在创造的方面举出几部真正荒诞的作品[1]。然而，万事总有个开头，这个研究的目的在于某种忠诚。教会对异端分子是那样严厉，仅仅是因为它认为再没有比迷途的孩子更危险的敌人了。但是，对于创立正统派的教条来说，大胆的诺斯替教派[2]的历史和摩尼教[3]潮流的持续所起的作用比任何祈祷都大。比较起来，荒诞也是如此。人们发现偏离的道路就认出了荒诞的道路。就在荒诞的推理的终点，在它的逻辑支配的一种态度中，仍可看到希望以一种最动人的面目出现，而这并不是无关紧要的。这表明了荒诞的苦行的艰难。这尤其表明了一种不断坚持的意识的必要，并和本文的一般范围相连。

---

1 例如麦尔维尔的《白鲸》。——作者原注
2 公元1世纪至3世纪流行于地中海东部沿岸各地的一种神秘主义教派。
3 波斯人摩尼在公元3世纪创立的宗教。

如果这还谈不上清点荒诞的作品的话,人们至少可以就创造的态度,即一种能够补足荒诞的存在的态度,得出结论。一种否定的思想才能如此完好地为艺术服务。它的隐晦的、谦卑的方法对于理解一部伟大的作品就像黑对于白一样必要。"无所为"地劳动和创造,用泥土塑造,知道他的创造没有前途,看到他的作品毁于一旦同时也意识到,从根本上来说,传之久远也并不更为重要,这就是荒诞的思想所给予的难以得到的智慧。同时执行两个任务,一方面是否定,另一方面是激励,这就是展现在荒诞的创造者面前的道路。他应该赋予虚无以色彩。

这导致一种关于艺术品的特殊的观念。人们过于经常把一位创造者的作品看成一系列彼此孤立的见证。人们把艺术家和文人混为一谈。一种深刻的思想是处在不断的成长中的,它汲取生活的经验,并在其中形成。同样,一个人的独特创造也在其作品持续的、繁多的面貌中变得牢固。一些作品补足另一些作品,对其进行更正或校正,甚至也反驳。如果某种东西结束了创造,那不是盲目的艺术家胜利然而虚幻的叫声:"我什么都说完了。"而是创造者的死,它结束了他的经验和他天才的书本。

这种努力,这种超人的意识,读者不一定看得见。在人类的创造中是没有神秘的。意志产生了这种奇迹。但是至少,没有真正的创造是不含有秘密的。大概一连串的作品可能只是同一种思想的一连串的近似。然而人们可以设想另一类创造者,他们使用重叠的方法。他们的作品仿佛可以彼此间没有联系。在某种程度上，它们是相互矛盾的。然而，把它们重新放回整体中，它们仍然会各就其位。它们也是从死亡中获得它们最终的意义。它们接受了作者的生活所具有的最光明的部分。这时，他的一系列作品不过是一连串的失败。但是，如果这些失败都保持着同一种共鸣，创造者就能重复他自己的环境的形象，并使他所持有的没有结果的秘密发出回响。

在这里，支配的努力是可观的。但是，人类的智力还足以做得更多。它只是显示了创造的意志的一面。我曾在别的地方指出，人类的意志除了维持意识，别无其他目的。不过，这样做没有纪律是不行的。在对忍耐和清醒的各种培养中，创造的培养是最有效的。它也是人类唯一尊严的令人震惊的见证：顽强地反抗他的环境，坚持一种被视为没有结果的努力。它要求人们每日努力、自制，对真实的界限进行准确的估量，要求节制和力量。它造成了一种苦行。这一切都"无所为"，都是为了重复和停滞不前。也许伟大的作品本身并不那么重要，更重要的是它对人提出的考验，是它给人提供了机会来克服他的幻想，并稍稍更接近他赤裸的真实。

请不要在美学上搞错了。我这里指的不是耐心的调查，对一个论点进行不断的、无结果的阐述。正好相反，如果我表达得清楚的话。主题小说是旨在证明的作品，是最可憎的作品，它最经常地从一种得到满足的思想中获得灵感。人们会把自以为持有的真理表现出来。然而，人们使之运行的是观念，而观念是思想的反面。那些创造者是些羞答答的哲学家。我说的或我想象的那些创造者却是一些清醒的思想家。在思想返回自身的某一点上，他们就把他们作品的形象树立起来，作为一种有限的、必死的、反抗的思想的明显象征。

这些作品也许证明了某种东西。但是这些证据，与其说是小说家提供给别人的，不如说是给予自己的。关键是他们在具体中胜利了，而这正是他们的伟大之处。这种有血有肉的胜利是一种思想为他们准备的，在这种思想中，抽象的能力受到了屈辱。当它完全受到了屈辱，具体就同时使创造放出荒诞之光，是反讽的哲学创作出了热情的作品。

任何放弃了统一的思想都激励着多样性，而多样性是艺术的胜地。唯一能解放精神的思想，是使精神独处并确信其界限和临近结局的思想。没有什么教条吸引它。它等待着作品和生活的成熟。作品离开了它，将又一次让人听见一个灵魂几乎不曾减轻的声音，这灵魂永远地摆脱了希望；或者作品什么也不让人听见，如果创造者对他的活动感到厌倦而想改变道路的话。两者是一样的。

因此，我要求于荒诞的创造，正如我要求于思想、反抗、自由和多样性的一样。然后荒诞的创造就展示出它深刻的无用性了。在这种智力和激情相互混合、相互激励的日常努力之中，荒诞的人发现了一种造成他的力量的本质的纪律。必需的专心、固执和洞察力就这样与征服的态度汇合了。这样，创造也就是赋予他的命运一种形式。对于这些人物来说，他们的作品确定了他们，至少等于他们确定了作品。演员已经告诉我们了：在外表和本质之间没有界限。

　　让我们再说一遍。这一切都不具有真实的意义。在这条自由的路上，还要前进一步。无论创造者还是征服者，这些彼此亲近的精神，最后还要努力弄清楚如何从其事业中解放出来：做到接受作品本身，无论是征服、爱情还是创造，都可以不存在；这样来完成全部个人生活的深刻无用性。这甚至可以使他们更容易完成作品。正如看到了生活的荒诞，会使他们毫无节制地投入生活一样。

　　剩下的就是命运了，它唯一的出路必然带来不幸。除了死亡这唯一的命定之物外，其余一切，快乐或幸福，都是自由。世界仍然存在，人是唯一的主人。联系着他的，是对另一个世界的幻想。他的思想的命运不再是自我牺牲，而是重新活跃起来变成形象。它表演，当然是在神话之中，不过这些神话的深刻只是人类痛苦的深刻，而且像思想一样不可穷尽。不是使人高兴、使人盲目的神的寓言，而是人间的面目、动作和悲剧，其中凝聚着一种艰难的智慧和没有结果的激情。

西绪福斯神话

神判处西绪福斯把一块巨石不断地推上山顶，石头因自身的重量又从山顶上滚落下来。他们有某种理由认为最可怕的惩罚莫过于既无用又无望的劳动。

如果相信荷马，西绪福斯是最聪明、最谨慎的凡人。然而根据另一种传说，他倾向于强盗的营生。我看不出这当中有什么矛盾。关于使他在地狱做无用劳动的原因，看法有分歧。有人首先指责他对神犯了些小过失。他泄露了他们的秘密。阿索波斯[1]的女儿埃癸娜被宙斯劫走。父亲对女儿的失踪感到奇怪，就向西绪福斯诉苦。西绪福斯知道此事，答应告诉他，条件是他向科林斯城堡供水。西绪福斯喜欢水的祝福更胜过上天的霹雳。于是他被罚入地狱。荷马还告诉我们西绪福斯捆住了死神。普路托[2]忍受不了他的王国呈现出一片荒凉寂静的景象。他催促战神把死神从他的胜利者手中解脱出来。

---

1 希腊神话中的河神。

2 罗马神话中的冥王。

有人还说垂死的西绪福斯不谨慎地想要考验妻子的爱情。他命令她把他的遗体不加埋葬地扔到公共广场的中央。西绪福斯进了地狱。在那里，他对这种如此违背人类之爱的服从感到恼怒，就从普路托那里获准返回地面去惩罚他的妻子。然而，当他又看见了这个世界的面貌，尝到了水和阳光、灼热的石头和大海，就不愿再回到地狱的黑暗中了。召唤、愤怒和警告都无济于事。他又在海湾的曲线、明亮的大海和大地的微笑面前活了许多年。神必须做出决定。墨丘利[1]用强力把他带回地狱，那里为他准备好了一块巨石。

人们已经明白，西绪福斯是荒诞的英雄。这既是由于他的激情，也是由于他的痛苦。他对神的轻蔑，他对死亡的仇恨，他对生命的激情，使他受到了这种无法描述的酷刑：用尽全部心力而一无所成。这是为了热爱这片土地而必须付出的代价。关于地狱里的西绪福斯，人们什么也没告诉我们。神话编出来就是为了让想象力赋予它们活力。对于他的神话，人们只看见一个人全身绷紧竭力推起一块巨石，令其滚动，爬上成百的陡坡；人们看见皱紧的面孔，脸颊抵住石头，一个肩承受着满是黏土的庞然大物，一只脚垫于其下，用两臂撑住，沾满泥土的双手显示出人的稳当。经过漫长的、用没有天空的空间和没有纵深的时间来度量的努力，目的终于达到了。这时，西绪福斯

---

[1] 罗马神话中的商业神，即希腊神话中的赫尔墨斯，众神的使者。

看见巨石一会儿工夫就滚到下面的世界中去，他又得再把它推上山顶。他朝平原走下去。

我感兴趣的是返回中、停歇中的西绪福斯。那张如此贴近石头的面孔已经成了石头了！我看见这个人下山，朝着他不知道尽头的痛苦，脚步沉重而均匀。这时刻就像是呼吸，和他的不幸一样肯定会再来，这时刻就是意识的时刻。当他离开山顶、渐渐深入神隐蔽的住所时，他高于他的命运。他比他的巨石更强大。

如果说这神话是悲壮的，那是因为它的主人公是有意识的。如果每一步都有成功的希望支持着他，那他的苦难又将在哪里？今日之工人劳动，一生中每一天都干着同样的活计，这种命运是同样的荒诞。因此它只在工人有了那种很少的意识之时才是悲壮的。西绪福斯，这神的无产者，无能为力而又在反抗，他知道他的悲惨有多么深广：他下山时想的正是这种状况。洞察力既使他痛苦，同时也造就了他的胜利。没有轻蔑克服不了的命运。

如果在某些日子里下山可以在痛苦中进行，那么它也可以在欢乐中进行。此话并非多余。我还想象西绪福斯回到巨石前，痛苦从此开始。当大地的形象过于强烈地缠住记忆，当幸福的呼唤过于急迫，忧伤就会在人的心中升起：这是巨石的胜利，这是巨石本身，巨大的忧伤沉重得不堪承受。这是我们的客西马尼之夜[1]。然而不可抗拒的真理一经被承认便告完结。这

---

[1] 《圣经》说，耶稣在橄榄山下一个叫客西马尼的地方，让门徒祷告，不要睡觉，免受迷惑，他次日于此地被犹大出卖。

样，俄狄浦斯先就不知不觉地顺从了命运。从他知道的那一刻起，他的悲剧便开始了。然而同时，盲目而绝望的他认识到他同这世界的唯一的联系是一个年轻姑娘鲜嫩的手。于是响起一句过分的话："尽管如此多灾多难，我的高龄和我的灵魂的高贵仍使我认为一切皆善。"像陀思妥耶夫斯基的基里洛夫一样，索福克勒斯的俄狄浦斯就这样提供了荒诞的胜利的方式。古代的智慧和现代的英雄主义汇合了。

不试图写一本幸福教科书，是不会发现荒诞的。"啊！什么，路这么窄……？"然而只有一个世界。幸福和荒诞是同一块土地的两个儿子。他们是不可分的。说幸福一定产生于荒诞的发现，那是错误的。有时荒诞感也产生于幸福。俄狄浦斯说："我认为一切皆善。"这句话是神圣的。它回响在人的凶恶而有限的宇宙之中。它告诉人们一切并未被也不曾被耗尽。它从这世界上逐走一个带着不满足和对无用的痛苦的兴趣进入这世界的神。它使命运成为人的事情，而这件事情应该在人之间解决。

西绪福斯全部沉默的喜悦就在这里。他的命运出现在面前。他的巨石是他的事情。同样，当荒诞的人静观他的痛苦时，他就使一切偶像钳口不语。在突然归于寂静的宇宙中，大地成千上万细小的惊叹声就起来了。无意识的、隐秘的呼唤，各种面孔的邀请，都是必要的反面和胜利的代价。没有不带阴影的太阳，应该了解黑夜。荒诞的人说"是"，于是他的努力便没有间断了。如果说有一种个人的命运，却绝没有高级的命运，至少只有一种命运，而他断定它是不可避免的，是可以轻蔑的。至于其他，他自知是他岁月的主人。在人返回他的生活这一微妙的时刻，返回巨石的西绪福斯静观那一连串没有联系的行动，这些行动变成了他的命运，而这命运是他创造的，在他记忆的目光下统一起来，很快又由他的死加章盖印。这样，确信一切人事都有人的根源，盲目却渴望看见，并且知道黑夜没有尽头，他就永远在行进中。巨石还在滚动。

我让西绪福斯留在山下！人们总是看得见他的重负。西绪福斯教给人至高无上的忠诚，既否定神祇又举起巨石。他也断定一切皆善。这个从此没有主人的宇宙对他不再是没有结果和虚幻的了。这块石头的每一细粒，这座黑夜笼罩的大山的每一道矿物的光芒，都对他一个人形成了一个世界。登上顶峰的斗争本身足以充实人的心灵。应该设想，西绪福斯是幸福的。

附录：弗朗茨·卡夫卡作品中的希望与荒诞

卡夫卡的全部艺术在于迫使读者反复阅读。它的结局，或竟无结局，暗示出一些解释，但都没有被清晰地显露出来，要让它们显得凿凿有据，必须从一个新的角度重读一遍。有时可能会有两种解释，那就必须有两种读法，这正是作者之所求。然而，若是想把卡夫卡作品中的一切都从细节上解释清楚，那就错了。一个象征总是普遍的，无论它的译解多么准确；一位艺术家也只能再现其生动性：逐字译解是做不到的。总之，最难理解的莫过于一部象征的作品。一个象征总是超越它的使用者，并使他实际说出的东西比他有意表达的东西更多。在这方面，领会一个象征最可靠的途径是不挑动它，阅读时不带先入之见，不去寻求它的暗流。特别是对卡夫卡，应当顺应他的写法，从外表接触情节，从形式接触小说。

初看上去，而且是对一个冷漠的读者来说，那是一些令人不安的遭遇，这些遭遇促使一些战栗的、执拗的人物奋力追随他们永远也提不出的一些问题。在《审判》中，约瑟夫·K受到控告，但他不知道为了什么。他无疑很想为自己辩护，但他不知道辩护什么。律师们认为他的案子很难办。在此期间,这并未耽误他谈恋爱、吃吃喝喝或读报纸。后来,他受到审判。然而法庭很暗,他也没看出什么名堂。他只是设想他被判决了,但判了什么,他自己也不太清楚。他有时也会产生怀疑,但他仍继续活着。过了很久,两位衣冠楚楚、彬彬有礼的先生来找他,请他跟他们走。他们极有礼貌地把他带到一个荒凉的郊外,把他的脑袋按在石头上,扼死了他。犯人在死前只说了句:"像一条狗。"

看得出,在一篇最明显的优点恰恰是"自然"的故事中,是很难说到象征的。然而,自然是一个难以理解的范畴。有些作品,读者觉得其事件是自然的。但也有一些作品(的确更为少见),人物觉得他经历的事情是自然的。由于一种奇特而明显的反常,人物的遭遇越是不同寻常,故事就越显得自然:一个人的生活越奇特,人们就越容易接受这种奇特性,我们可以感觉到这两者之间的差距是成正比的。似乎这种自然就是卡夫卡的自然。恰好,人们清楚地感觉到了《审判》的含义。有人说这是人类状况的一种形象。也许是吧。然而,事情既比这简单,又比这复杂。我是说小说的意义更独特,更有卡夫卡特色。在某种程度上,若说是他使我们忏悔,可说话的却是他。他活着,然而他已被判决。从他在这个世界上继续写作的小说的开头几页中,他就已经知道了,如果说他试图有所补救,他却并不感到惊奇。他对这种缺乏惊奇倒是永远也惊奇不够的。

正是从这些矛盾中，人们认出了荒诞作品的最初迹象。有才智的人把他的精神悲剧投射到具体事物中去。他只能借助一种永久的反常做到这一点，这种反常赋予色彩以表达虚无的权力，赋予日常举动以表达永恒野心的力量。

同样，《城堡》也许是一种有行动的神学，但它首先是一个寻求恩宠的灵魂的个人遭遇，是这样一个人的个人遭遇，他要求这个世界的事物交出它们最大的秘密，要求女人交出睡在她们身体中的上帝的标志。而《变形记》则肯定是展示了一幅清醒的伦理学的骇人图景。但它也是人发觉不费力就变成了虫子，所体验到的那种不可估量的惊奇的产物。卡夫卡的秘密就存在于这种本质的含混之中。这些在自然和异常、个体和万有、悲剧和日常、荒诞和逻辑之间的永久的摇摆，贯穿着他的全部作品，既给了他反响，又给了他意义。为了理解荒诞的作品，应该列举的正是这些反常现象，应该加强的正是这些矛盾。

一个象征实际上意味着两个方面、两个观念和感觉的世界，以及一部关于两者之间应和的词典。最难编写的就是这部词典。然而，意识到两个世界并存，就是走上了发现其秘密联系的道路。在卡夫卡的作品中，这两个世界一方面是日常生活，另一方面是超自然的不安。[1]尼采有言："大问题就在街

---

[1] 要记住，人们也可以同样正当地从社会批评的意义上解释卡夫卡的作品，例如《审判》。何况可能并没什么好选择的。两种解释都是好的，在荒诞这个用语中，我们看到，针对人的反抗也是针对上帝的：伟大的革命总是形而上的。

上。"看来人们这里正面临着对这句话的无穷无尽的开掘。

在人类的状况中，既有根本的荒诞，又有无法改变的崇高，这是一切文学的老生常谈。两者同时发生，仿佛是自然的事。让我们再说一遍，两者把我们灵魂的放肆和肉体的短暂快乐分裂开来，它们在这可笑的分裂之中互相映照。荒诞，是因为正是这肉体的灵魂如此过分地超越了这肉体。对于要想象这种荒诞的人来说，应该在一种平行的对立面的作用中赋予它生命。卡夫卡就是这样用日常表达悲剧，用逻辑表达荒诞。

一个演员越是避免夸张，他塑造悲剧人物时花的气力就越多。如果他有节制，他引起的恐怖就将是没有节制的。在这方面，希腊悲剧富有教益。在一部悲剧中，命运总是在逻辑和自然的面目下被更强烈地感觉到。俄狄浦斯的命运是有预言在先的。他犯有谋杀和乱伦两罪是被超自然地决定了的。剧情的全部努力在于展示逻辑的体系，这逻辑体系将一步步趋近主人公的不幸。仅仅告诉我们这一罕见的命运并不大可怕，因为这不像是真的。但是，如果这命运的必然性在日常生活、社会、身份、亲昵感情的范围内展现在我们前面，那么，恐怖就达到了顶点。在这种震撼着人并使他说"这不可能"的反抗中，就已经有了"这是可能的"这种绝望的肯定。

这是希腊悲剧的全部秘密，或者至少是它的一个方面。因为还有另外一个方面，通过相反的方法，使我们更好地理解卡夫卡。人心有一种恼人的倾向，即只把压倒它的东西称作命运。不过，既然幸福也是不可避免的，那它也是没有道理的，只是它之不合理有其独特的方式。但是现代人在没有低估它的时候，却把功劳归于自己。相反，关于希腊悲剧津津乐道的命运还是大有可谈的，传说中的宠儿们，例如尤利西斯，就在最凶险的遭遇中自己解救了自己。

无论如何都应记住的是这种使逻辑、日常与悲剧相连的秘密的共谋关系。这就是为什么《变形记》的主人公萨姆沙是一位旅行推销员。这就是为什么在使他变成一条害虫的奇特遭遇中，最使他烦恼的是老板可能对他缺勤表示不满。他长出了爪子和触须，脊背拱起，白色的斑点布满肚皮——我并不认为他对此不感到惊奇，否则就没有效果了——这使他产生了"轻微的烦恼"。卡夫卡的全部艺术就在于这种细微的差别。在他的重要作品《城堡》中，日常生活的细节占了优势，然而在这部一切都在重新开始的奇特小说中，形象地表现出来的却是一个寻求圣宠的灵魂本质的遭遇。像这样把问题化为行动，使一般和特殊相重合，人们可见之于任何伟大的创造者所特有的小手法之中。在《审判》之中，主人公也可以叫施密特，或者叫弗朗茨·卡夫卡。然而他叫约瑟夫·K。这不是卡夫卡，然而的确是他。这是一个普通的欧洲人，像众人一样。然而他也是实体K，是这道血肉方程中的X。

同样，如果卡夫卡想表现荒诞，他借助的是一致。大家都知道那个疯子在澡盆里钓鱼的故事。一位对精神病治疗独具见解的医生问他："咬钩了吗？"只见他正色作答："没咬，笨蛋，这是在澡盆里呀。"这故事具有巴洛克风格。然而人们敏感地领会到荒诞的效果与过分的逻辑联系在一起。卡夫卡的世界实际上是一个不可言说的世界，人满怀着痛苦鼓足勇气在澡盆里钓鱼，并且知道什么也钓不出来。

因此，我在这里看出了一种符合原则的荒诞的作品。例如，对于《审判》，我可以断言它取得了完全的成功。肉体胜利了。不落言筌的反抗（然而正是反抗在写），清醒的、沉默的绝望（然而正是绝望在创造），小说人物一直到死都洋溢着的那种惊人的行动自由，什么都不缺乏。

不过，这世界并不像看起来那么封闭。在这个没有进步的宇宙中，卡夫卡将引入一种形式独特的希望。在这方面，《审判》和《城堡》的方向是不一致的。它们互为补充。从这一作品到那一作品，人们可以发现那难以觉察到的进展，它表明在逃避方面所取得的过分的征服。《审判》提出问题，而《城堡》在某种意义上予以解决。前者根据一种接近科学的方法进行描写，但不做结论。后者在某种程度上加以解释。《审判》诊断，《城堡》设想疗法。但是这里推荐的药并不能治好病，只不过是让疾病再回到正常的生活之中。它帮助人们接受疾病。从某种意义上说（请想想克尔恺郭尔）它使疾病缠身不去。测量员K除了噬咬着他的那种焦虑,想象不出别种焦虑。他周围的人喜欢上了那种空虚和那种无名的痛苦,仿佛痛苦有了一种令人宠爱的面貌。弗莱达对K说:"我多么需要你。自从我认识了你,当你不在我身边的时候,我是多么强烈地感到被遗弃了呀。"使我们爱上压垮我们的东西,并使希望产生于一个没有出路的世界之中的这副精妙的药,使一切都为之改观的这种突然的"跳跃",就是存在的革命和《城堡》本身的秘密。

在手法上,很少有比《城堡》更严密的作品。K被任命为城堡的土地测量员,他到了村庄。但是从村庄到城堡无路可通。在几百页中,K顽强地寻找着道路,使尽了手段,耍花招,转弯抹角,从不生气,想要就任人家给他的职务。每一章都是一次失败,同时也是新的开始;不是出于逻辑,而是出于恒心。这种顽强性造成了作品的悲剧性。K给城堡打电话,他隐约听到的是模糊而混杂的说话声、朦胧的笑声和遥远的呼唤声。这就足以使他充满希望,就像夏日天空中出现的那些征兆,或者给了我们活下去的理由的那些晚上的许诺。人们在这里发现了卡夫卡特有的忧郁的秘密。实际上,这和人们在普鲁斯特的作品或普洛丁笔下的风景中感到的那种忧郁是一样的:对失去的乐园的怀念。奥尔加说:"巴纳贝早上对我说他要去城堡,我感到十分忧郁:此行大概是无用的,这一天大概要白费了,这希望大概是徒劳的。""大概",仍是在这种细微的差别上,卡夫卡写出了他的整部作品。对永恒的追寻是如此的细心，但还是毫无办法。卡夫卡的人物是些有灵感的自动木偶，他们向我们展示了我们将来被剥夺了消遣[1]，完全听命于神的污辱时的形象。

在《城堡》中，这种对日常生活的屈服变成了一种伦理。K的巨大希望是被城堡接纳。他一个人做不到，于是他的全部努力就在于配得上那种恩惠，即摆脱人人都让他感觉到的外乡人身份，成为村庄的居民。他渴望的是一个职业、一个家、一种正常而健康的人的生活。他忍受不了他的疯狂。他想变得有理智。他想摆脱使他成为村庄陌生人的那种奇特诅咒。在这方面，有关弗莱达的插曲意味深长。这个女人认识城堡的一个官员。如果K让她成了他的情妇，那是因为她的过去。他从她身上得到了某种超越他的东西，同时他也意识到那种使她永远与城堡不相称的东西。人们在这里想到了克尔恺郭尔对雷吉娜·奥尔森的奇怪爱情。在某些人那里，吞噬着他们的永恒之火大到足以把周围的人的心也烧尽。把不属于上帝的东西给了上帝，这个悲惨的错误也是《城堡》里这一插曲的主题。但是对卡夫卡来说，似乎这并不是一个错误。这是一种教条，是一次"跳跃"。万物皆备于上帝。

测量员离开弗莱达而走向巴纳贝姐妹，这一事实含义更

---

[1] 《城堡》中，帕斯卡的意义上的"消遣"是通过卫士们体现的，他们使K"摆脱"忧虑。如果弗莱达终于成了一个卫士的情妇，那是因为她喜欢装饰胜过真理，喜欢每日的生活胜过共同分担的焦虑。

深。因为巴纳贝家是村中唯一完全被城堡和村庄抛弃的人家。姐姐阿玛丽亚拒绝过城堡一位官员可耻的建议。随之而来的不道德的诅咒使她永远失去了上帝的爱。不能为上帝丧失名誉,就是自己使自己不配上帝的恩宠。人们可以看出存在哲学的一个熟悉的主题:与道德相悖的真理。这里事情将会引起后果。因为卡夫卡的主人公走过的道路,即从弗莱达到巴纳贝姐妹,正是从信任的爱情到荒诞的神化那条道路。这里卡夫卡的思想又与克尔恺郭尔的思想汇合了。"巴纳贝的故事"处于书末,这并不令人惊讶。测量员最后的企图是通过否定上帝的东西重新发现上帝,是在他的冷漠、不义和仇恨等各种空虚而丑恶的面貌后面,而不是根据我们的善和美的范畴来认出他的。这个要求城堡接纳他的陌生人,在其旅行终了时被流放得稍稍更远了些,因为这一次是他背弃了自己,为了试图只带着他疯狂的希望进入圣宠的荒漠,他抛弃了道德、逻辑和精神的真理。[1]

这里,希望一词并不可笑。相反,卡夫卡讲述的状况越是悲惨,这种希望就变得越不易改变、越撩人。《审判》越是真正地荒诞,《城堡》激起的"跳跃"就越显得动人和不合理。但是,我们在这里又看到了如同克尔恺郭尔所表述的存在思想

---

[1] 显然,这只适用于卡夫卡留给我们的《城堡》的未完成稿。然而,作家会在最后几章中打破小说情调的统一性,这是值得怀疑的。

那样的反常现象:"人们应该拼命地打击人间的希望,只有在这时人们才能通过真正的希望而获得拯救。"而人们可以解释道:"为了写《城堡》,必须先写出《审判》。"

大部分谈论卡夫卡的人实际上都把他的作品说成一种绝望的呼喊,没有给人留下任何救援余地。这种说法需要修正。希望和希望不同,我觉得亨利·波尔多[1]先生乐观的作品使人尤为泄气。这是因为对那些稍微有些苛求的心灵来说什么也得不到允许。相反,马尔罗的思想却总是使人振奋。在这两种情况下,希望不一样,绝望也不一样。我只看到荒诞的作品本身可以导致我希望避免的那种背叛。那种仅仅是无意义地重复一种没有结果的状况、无微不至地颂扬要灭亡的东西的作品,在这里变成了幻想的摇篮。它解释,它赋予希望一种形式。创造者再也不能脱离它。它不是它本该是的那种悲剧游戏。它给予作者的生活一种意义。

无论如何,奇怪的是,一些受到相近影响的作品,如卡夫卡、克尔恺郭尔、舍斯托夫的作品,简言之,存在的小说家和哲学家的作品,虽然整个地转向荒诞及其后果,最终却是通向希望的巨大呼喊。

他们拥抱吞噬着他们的上帝。希望是通过谦卑进来的。因为这个存在的荒诞为他们保证了稍多一些的超自然的真实。如

---

[1] 亨利·波尔多(1870—1963),法国资产阶级作家,倾向保守。

果这个生活的道路通向上帝，那么就有一条出路。克尔恺郭尔、舍斯托夫和卡夫卡的主人公们重复他们的路线时所怀有的韧性和顽强是这种信心的一种动人的、奇特的保证。[1]

卡夫卡不承认他的上帝道德高尚、不言自明善良和一致，但这是为了更好地投入他的怀抱。荒诞被承认，被接受，人顺从了它，而从这时起，我们知道就不再有荒诞了。在人类状况的局限内，还有什么比允许摆脱这种状况更大的希望呢？我又一次看到，存在思想和流行的看法相反，充满着一种过分的希望，正是这种思想用原始基督教和宣布救世福音搅动了旧世界。然而，在这种成为一切存在思想的特点的跳跃中，在这种固执中，在这种无平面的神性的测量中，怎么能看不到一种舍弃一切的清醒的标记呢？人们只希望这是一种骄傲。它放弃是为了自救。这种放弃将是富有成果的。然而这一点并不能改变那一点。在我看来，说清醒像一切骄傲一样没有结果，这减少不了它的道德价值。因为一种真理根据其定义本身也是没有结果的。所有的明显的事物都是如此。在一个什么都有却又什么都不能解释的世界中，一种价值或一种玄学的丰富性是一个没有意义的概念。

无论如何，人们在这里看到了卡夫卡的作品存在于什么样的思想传统之中。事实上，把从《审判》到《城堡》的手法看

---

[1] 《城堡》中唯一没有希望的人物是阿玛丽亚，与测量员最激烈地对抗的正是她。

作是严密的,这不聪明。约瑟夫·K和测量员K只是吸引着卡夫卡的两极。[1]我会和他说一样的话,而且会说他的作品大概不是荒诞的。然而这并不能使我们看不到他的伟大和普遍性。他的伟大和普遍性来源于他善于如此深广地用形象表现从希望到忧伤,从绝望的智慧到有意的盲目之间的日常转变。他的作品是普遍的(一部真正荒诞的作品不是普遍的),因为其中表现了逃避人类的人的动人面孔,他在他的矛盾中汲取相信的理由,在他的富有成果的绝望中汲取希望的理由,并把他对死亡的可怕的学习称作生活。他的作品是普遍的,还因为受了宗教的影响。如同在一切宗教中一样,人从他自己的生活重压下解脱出来。然而,如果说我知道这一点,如果说我也能欣赏他,那么我也知道我并不寻求普遍的东西,我寻求真实的东西。两者可以不相重合。

如果我说真正使人绝望的思想恰恰可以用对立标准加以明确,悲剧的作品可以是那种在一切希望都被排除的情况下描写一个幸福的人的生活的作品,人们将会更好地理解这种看待问题的方式。生活越是激动人心,失去它的念头就越荒谬。人们在尼采的作品中感觉到的那种绝妙的枯燥的秘密也许正在这里。在观念的这个范围内,尼采好像是唯一一位从一种荒诞的美学中引出极端后果的艺术家,因为他最后的信息存在于一种

---

[1] 关于卡夫卡思想的两个侧面,试比较《在苦役犯监狱中》"罪孽,(请理解为人的)从来是不可怀疑的"和《城堡》的片段(莫缪斯的报告)"测量员K的罪名难以成立"。

没有结果的、征服的清醒和一种对任何超自然的慰藉固执的否定之中。

不过，上述可能已足以揭示卡夫卡的作品在本文论及的范围内所具有的极端重要性。这里，我们被带到了人类思想的边缘地带。从一个词所具有的全部意义来理解，人们可以说作品中的一切都是本质的。无论如何，它整个地提出了荒诞的问题。如果人们愿意把这些结论和我们最初的看法联系起来，把内容和形式联系起来，把《城堡》的隐秘含义和它展开在其中的自然的艺术联系起来，把K热情而骄傲的寻求和所在的日常背景联系起来，人们就会明白这作品究竟有多么伟大。因为，如果说怀念是人类的标记，那么可能谁也不曾赋予这些遗憾的幽灵们这样的血肉和凹凸。但是，人们也同时可以领会荒诞的作品所要求的特殊的伟大究竟是什么，而它也许并不在这里。如果艺术的特性是使一般与特殊相联系，使一滴水的短暂永恒与光线的作用相联系，那么更为正确的是根据荒诞的作家能够在这两个世界之间引入的距离来估量他的伟大。他的秘密在于善于发现它们在最大的差异中相接的桥梁。

说真的，这种人和非人共存的精确的地点，纯洁的心灵是能够随处看到的。如果说浮士德和堂吉诃德是艺术的卓越创造，那是由于他们用人世间的双手向我们指明不可度量的伟大。不过总有这样的时刻，精神否认这些手可以触摸的真理。也有这样的时候，创造不再被当成悲剧，而只是被认真对待。这时人只关心希望，然而那并不是他的事情，他的事情是脱离诈术。况且，我在卡夫卡向整个宇宙提出激烈的控诉之后看见的正是他。最后，卡夫卡令人难以置信的判词宣布，这个连鼹鼠都参与进来谈论希望的、丑恶的、令人震惊的世界是无罪的。[1]

---

[1] 以上所述显然是对卡夫卡作品的一种解释。但是应该补充说，这丝毫也不妨碍抛开一切解释，从纯粹美学的角度对作品进行评价。例如，B. 格勒图森在他为《城堡》所写的杰出的序言中，就局限于紧紧跟随痛苦的想象，他以一种惊人的方式把这种想象称为"醒着的睡眠者"，这要比我们聪明。奉献出一切，却又什么都不肯定，这是这些作品的命运，也许也是它们的伟大所在。